용기

기백

결단력

해리 포터 시리즈

읽는 순서:
해리 포터와 마법사의 돌
해리 포터와 비밀의 방
해리 포터와 아즈카반의 죄수
해리 포터와 불의 잔
해리 포터와 불사조 기사단
해리 포터와 혼혈 왕자
해리 포터와 죽음의 성물

라틴어로도 읽을 수 있는 책:
해리 포터와 마법사의 돌
해리 포터와 비밀의 방

웨일스어, 고대 그리스어, 아일랜드어로도 읽을 수 있는 책:
해리 포터와 마법사의 돌

함께 읽을 책
신비한 동물 사전
퀴디치의 역사
(코믹 릴리프와 루모스를 돕고자 출간되었음)
음유시인 비들 이야기
(루모스를 돕고자 출간되었음)

이 세 권은 또한 다음의 시리즈로 출간되었습니다:
호그와트 라이브러리
(코믹 릴리프와 루모스를 돕고자 출간되었음)

일러스트 에디션
짐 케이 일러스트
해리 포터와 마법사의 돌
해리 포터와 비밀의 방
해리 포터와 아즈카반의 죄수
해리 포터와 불의 잔

올리비아 L. 길 일러스트
신비한 동물 사전

크리스 리델 일러스트
음유시인 비들 이야기

J.K. ROWLING

해리포터

HARRY POTTER

혼혈 왕자

3

J.K. 롤링 지음 | **강동혁** 옮김

GRYFFINDOR

◊◊ 문학수첩

HARRY POTTER & THE HALF-BLOOD PRINCE

First published in Great Britain in 2005 by Bloomsbury Publishing Plc
This edition Published in October 2021
Text © J.K. Rowling 2005
Cover and interior illustrations by Levi Pinfold © Bloomsbury Publishing Plc 2021
Wizarding World is a trade mark of Warner Bros. Entertainment Inc.
Wizarding World Publishing and Theatrical Rights © J.K. Rowling
Wizarding World characters, names and related indicia are TM and © Warner Bros.
Entertainment Inc. All rights reserved.
Korean translation copyright © 2022 by Moonhak Soochup Publishing Co., Ltd.

나의 아름다운 딸 매켄지에게,

잉크와 종이로 된

쌍둥이를 바칩니다.

CONTENTS

17장
슬러그혼의 기억

새해가 되고 며칠이 지난 어느 늦은 오후였다. 해리, 론, 지니는 호그와트로 돌아가기 위해 부엌 벽난로 앞에 줄지어 섰다. 학생들이 빠르고 안전하게 학교로 돌아갈 수 있도록 정부가 이번 한 번에 한해서 플루 네트워크를 연결해 주었던 것이다. 위즐리 씨와 프레드, 조지, 빌, 플뢰르는 출근을 했으므로 위즐리 부인만이 작별 인사를 하러 남아 있었다. 작별의 순간이 오자 그녀는 울음을 터뜨렸다. 최근 그녀는 정말이지 아주 작은 일에도 무너져 내렸다. 크리스마스 날 퍼시가 안경에 으깬 파스닙이 흩뿌려진 채 (이 일에 대해서는 프레드와 조지, 지니가 서로 자기가 한 일이라고 주장했다) 집에서 성큼성큼 걸어 나간 뒤로 계속

울다가 말다가 했던 것이다.

"울지 마요, 엄마." 위즐리 부인이 어깨에 대고 흐느끼자 지니가 그녀의 등을 토닥이며 말했다. "괜찮아요……."

"맞아요, 우리 걱정은 하지 마세요." 론은 어머니가 뺨에 아주 축축하고 긴 입맞춤을 하도록 허락하며 말했다. "퍼시 걱정도요. 엄청난 머저리잖아요. 사실 그 인간이 없다고 뭐 대단한 걸 잃어버린 것도 아니잖아요. 안 그래요?"

위즐리 부인은 해리를 끌어안으며 어느 때보다도 심하게 흐느꼈다.

"몸조심하겠다고 약속해 다오……. 말썽에 휩쓸리지 말고……."

"전 항상 그렇게 해요, 위즐리 아줌마." 해리가 말했다. "아줌마도 아시겠지만 전 조용한 삶이 좋아요."

그녀는 울음을 섞어 킥킥 웃더니 물러섰다.

"그럼 얌전히 굴고, 너희 모두……."

해리는 에메랄드색 불 속으로 걸어 들어가 "호그와트!" 라고 소리쳤다. 찰나의 순간 마지막으로 위즐리네 부엌과 위즐리 부인의 눈물 젖은 얼굴이 보이더니 불길이 그를 삼켰다. 아주 빠른 속도로 회전하는 가운데 다른 마법사들의 집이 흐릿하게 힐끗힐끗 보이다가 제대로 보기도 전에 시야를 휙휙 벗어났다. 다음 순간 속도가 늦춰지더니 해리는 마침내 맥고나걸 교수의 연구실 벽난로 속에 똑바로 멈춰 섰다. 해리가 난로에서 기어 나오는데도 그녀는 하던 일에서 좀처럼 시선을 돌리지 않았다.

"어서 오너라, 포터. 카펫에 재를 너무 많이 떨어뜨리지 않도록 하고."

"네, 교수님."

해리는 안경을 바로하고 머리카락을 눌렀다. 그때 론이 빙글빙글 돌며 나타났다. 지니까지 도착하자, 세 사람은 맥고나걸 교수의 연구실에서 나와 다 같이 그리핀도르 탑을 향해 걸어갔다. 해리는 지나가면서 복도 창밖을 힐끔 바라보았다. 땅에는 버로의 정원에 내린 것보다도 눈이 더 두껍게 쌓여 있었고 이미 그 너머로 해가 뉘엿뉘엿 지고 있었다. 저 멀리 해그리드가 자신의 오두막 앞에서 벅빅에게 먹이를 주는 모습이 보였다.

"크리스마스 방울." 뚱뚱한 귀부인 앞에 도착하자 론이 자신 있게 말했다. 평소보다 창백해 보이는 뚱뚱한 귀부인은 론의 큰 목소리에 움찔했다.

"아니다." 그녀가 말했다.

"'아니다'라니, 무슨 말이에요?"

"새 암호가 있느니라." 그녀가 말했다. "그리고 부탁이니 소리치지 말거라."

"하지만 우린 학교에 없었잖아요. 새 암호를 어떻게 알 수……?"

"해리! 지니!"

헤르미온느가 다급히 다가왔다. 얼굴은 매우 붉어져 있었고 외출용 망토에 모자, 장갑까지 낀 차림새였다.

"난 몇 시간 전에 돌아왔어. 방금 해그리드랑 벅…… 그러니까, 위더윙스를 만나고 오는 길이야." 그녀가 숨 가쁘게 말했다. "크리스마스 잘 보냈어?"

"응." 론이 곧바로 대답했다. "일이 꽤 많았지. 루퍼스 스크림……."

"너한테 줄 게 있어, 해리." 헤르미온느는 론을 쳐다보지도, 그의 말을 들은 티를 내지도 않고 말했다. "아, 잠깐만…… 암호 알려 줘야지. 절제."

"바로 그거야." 뚱뚱한 귀부인이 힘없이 말하더니 앞으로 홱 젖혀지며 초상화 구멍을 드러냈다.

"왜 저러지?" 해리가 물었다.

"크리스마스 때 너무 즐겼나 봐." 헤르미온느가 사람들로 가득 찬 휴게실에 앞장서 들어가며 눈을 굴렸다. "자기 친구 바이올렛이랑 같이 일반 마법 교실 복도에 걸린 술 취한 수도사들 그림 속에 있는 와인을 다 마셔 버렸거든. 아무튼……."

그녀는 잠시 주머니를 뒤적거리더니 덤블도어의 글씨가 적힌 양피지 두루마리를 꺼냈다.

"잘됐네." 해리는 곧바로 양피지 두루마리를 풀어 보고 이튿날 밤에 덤블도어와의 다음 수업이 예정되어 있다는 것을 알게 되었다. "할 말이 아주 많은데. 너한테도 그렇고. 좀 앉자."

하지만 그 순간 요란하게 "로-온!" 하며 높은 음으로 부르짖는 소리가 들리더니 난데없이 라벤더 브라운이 돌진해 와서 론의 품에 뛰어들었다. 구경하던 몇몇이 킥킥 웃었다. 헤르미온느가 깔깔 웃더니 말했다. "저쪽에 자리가 있네. 같이 갈래, 지니?"

"아냐, 괜찮아. 난 딘하고 만나기로 했어." 지니가 말했지만 해리는 그녀의 목소리에 그다지 열의가 없다는 것을 알아차리고 말았다. 해리는 론과 라벤더가 입식 레슬링 비슷한 자세로 얽혀 있도록 내버려 둔 채 헤르미온느를 이끌고 다른 탁자로 갔다.

"크리스마스는 어땠어?"

"아, 괜찮았어." 그녀가 어깨를 으쓱했다. "특별할 건 없었어. 로-온네 집은 어땠어?"

"좀 있다가 말해 줄게." 해리가 말했다. "저기, 헤르미온느. 너 혹시 론이랑 화해……?"

"싫어." 그녀가 딱 잘라 말했다. "묻지도 마."

"난 그냥, 혹시 크리스마스가 지나면……."

"500년 된 와인 한 통을 비워 버린 건 뚱뚱한 귀부인이야, 해리. 내가 아니고. 아무튼, 나한테 말해 주고 싶었다는 중요한 소식이 뭐야?"

이 순간 반박하기에는 그녀가 너무 사나워 보였으므로, 해리는 론 이야기는 그만두고 말포이와 스네이프 사이에 오간 이야기들을 모두 전했다.

그가 말을 마치자 헤르미온느는 잠깐 생각에 잠겼다가 입을 열었다. "혹시 말이야, 해리……."

"……스네이프가 말포이를 속여서 계획을 털어놓게 만들려고 도움을 주는 척한 거 아니냐고?"

"음, 맞아." 헤르미온느가 말했다.

"론네 아빠랑 루핀은 그렇게 생각해." 해리가 마지못해 말했다. "하지만 말포이가 뭔가 꾸미고 있다는 사실은 확실히 증명됐잖아. 너도 그건 부정할 수 없을걸."

"그래, 그건 그렇네." 그녀가 천천히 대답했다.

"그리고 말포이는 볼드모트의 명령을 받아서 움직이고 있어. 내가 말한 그대로!"

"흠…… 둘 중 한 명이 실제로 볼드모트의 이름을 말하긴 했어?"

해리는 기억을 떠올리느라 이마를 찌푸렸다.

"잘 모르겠어……. 스네이프가 확실히 '주인'이라는 말을 하긴 했는데, 그게 볼드모트가 아니면 누구겠어?"

"그거야 모르지." 헤르미온느가 입술을 한번 깨물고 말했다. "걔네 아버지려나?"

그녀는 방 맞은편을 바라보았다. 라벤더가 론을 간지럼 태우는 모습조차 눈치채지 못하는 걸 보니 필시 깊은 생각에 잠긴 듯했다. "루핀 교수님은 어떻게 지내셔?"

"별로 좋지 않아." 해리가 말했다. 해리는 늑대인간들 사이에 잠입한 루핀의 임무와 그가 겪고 있는 어려움에 대해 모두 이야기해 주었다. "펜리르 그레이백이라고, 들어 본 적 있어?"

"응, 들어 봤어!" 헤르미온느가 깜짝 놀란 듯 말했다. "너도 들어 봤잖아, 해리!"

"언제? 마법의 역사 시간에? 너도 잘 알겠지만 난 절대로 그 수업을 듣지……."

"아니, 아니, 마법의 역사 시간 말고. 말포이가 그레이백을 들먹이면서 보긴을 협박했었어!" 헤르미온느가 말했다. "녹턴 앨리에서 말이야. 기억 안 나? 걔가 보긴한테, 자기 집안의 오랜 친구인 그레이백이란 자가 보긴이 일을 얼마나 진행했는지 확인할 거라고 했잖아!"

해리는 입을 쩍 벌리고 그녀를 바라보았다. "잊어버렸어! 하지만 이걸로 말포이가 죽음을 먹는 자라는 게 증명된 셈이야. 그게 아니라면 어떻게 그레이백하고 연락하면서 뭘 하라 마라 할 수 있겠어?"

"진짜 꽤 수상하긴 하네." 헤르미온느가 숨죽여 말했다. "다만……."

"아, 왜 이래." 해리가 짜증을 내며 말했다. "이건 빼도 박도 못하는 일이야!"

"뭐…… 말포이가 허세를 부렸을 가능성도 있지."

"믿을 수가 없다, 너 진짜." 해리가 고개를 설레설레 저으며 말했다. "누가 맞는지 두고 보자. 방금 그 말 취소하게 될 거야, 헤르미온느. 마법 정부처럼. 그래, 난 루퍼스 스크림저랑도 한판 붙었어……."

나머지 저녁 시간은 두 사람 모두가 마법 정부를 욕하면서 평화롭게 흘러갔다. 론이 그랬듯 헤르미온느도 정부가 지난 1년 동안 그 온갖 일을 겪게 해 놓고 이제 와서 해리에게 도움을 청하는 게 뻔뻔하다고 생각했다.

새로운 학기는 다음 날 아침 6학년들에게 뜻밖의 즐거움을 주면서 시작되었다. 지난밤 휴게실 게시판에 커다란 공고문이 나붙은 것이다.

순간이동 수업

현재 17세거나 8월 31일 이전에 17세가 되는 학생들은 마법 정부 순간이동 강사가 제공하는 12주간의 순간이동 수업을 받을 수 있습니다. 참가를 원하는 학생은 아래에 서명해 주세요.

비용: 12갈레온

해리와 론은 공고문 앞에 모여 북적거리면서 이름을 적어 넣는 아이들 사이에 끼었다. 론이 깃펜을 꺼내 헤르미온느 다음으로 이름을 막 적으려던 참에 라벤더가 그의 뒤로 몰래 다가와 두 손으로 슬쩍 그의 눈을 가리더니 높은 목소리로 말했다. "누구게, 로-온?" 해리가 돌아보니 헤르미온느는 어느새 성큼성큼 멀어져 가고 있었다. 해리는 론, 라벤더와 함께 남고 싶은 마음이 전혀 없었으므로 헤르미온느를 쫓아갔지만 놀랍게도 초상화 구멍을 지나 겨우 몇 걸음 걸어갔을 때 론이 귀가 새빨개진 채 언짢은 표정으로 그를 따라왔다. 헤르미온느는 한 마디도 하지 않고 속도를 높여 네빌과 함께 걸어갔다.

"그래…… 순간이동이네." 론은 방금 일어난 일에 대해 언급하지 말라는 뜻을 아주 명백하게 밝히는 투로 말했다. "분명 재미있을 거야. 그치?"

"모르겠어." 해리가 말했다. "직접 하면 좀 나을지도 모르겠다. 덤블도어 교수님이 날 데리고 순간이동 했을 때는 별로 즐겁지 않던데."

"그래, 넌 해 봤지. 깜빡했네. 난 시험을 한 번에 통과해야 돼." 론이 불안한 표정을 지으며 말했다. "프레드랑 조지는 그랬거든."

"그래도 찰리는 떨어지지 않았어?"

"응, 하지만 찰리는 나보다 덩치가 크잖아." 론은 고릴라라도 된 것처럼 양팔을 앞으로 뻗었다. "그래서 프레드랑 조지도 그 일을 물고 늘어지진 못했어……. 어쨌든, 찰리 앞에서는……."

"실제 시험은 언제 볼 수 있는 거야?"

"열일곱 살이 되자마자. 그러니까 나한테는 3월이지!"

"그래, 하지만 여기서는, 이 성 안에서는 순간이동을 할
수 없어⋯⋯."

"그게 중요한 게 아니잖아? 다들 내가 언제든 순간이동
을 할 수 있다는 걸 알게 될 거라고."

순간이동을 기대하며 흥분하는 사람은 론만이 아니었
다. 그날 하루 종일 앞으로 있을 수업에 관한 이야기가 사
방에서 들려왔다. 마음대로 사라졌다가 다시 나타날 수 있
다면 선택의 범위가 아주 넓어질 테니까.

"얼마나 멋지겠어. 그냥 이렇게 할 수 있다면⋯⋯." 셰
이머스가 사라지는 것을 표현하면서 손가락을 탁 튕겼다.
"내 사촌 퍼거스는 그냥 나를 짜증 나게 만들려고 이 짓거
리를 해. 내가 곧 복수할 테니 어디 두고 봐⋯⋯. 더는 단
한 순간도 평화로울 수 없을 테니까⋯⋯."

행복한 미래에 대한 상상에 빠진 나머지 그는 조금 지나
친 열정을 담아 마법 지팡이를 튕겼고, 그 바람에 그날 일
반 마법 수업 목표대로 깨끗한 물을 퐁퐁 솟아나게 만드는
대신 호스로 뿜는 것 같은 물줄기를 쏴 버렸다. 물줄기는
천장에 부딪쳐 튕겨 나오더니 플리트윅 교수의 얼굴을 정
통으로 맞혔다.

플리트윅 교수는 마법 지팡이를 한 번 휘둘러 몸을 말리고 셰이머스에게 깜지를 쓰게 했다("나는 막대기를 휘두르는 개코원숭이가 아니라 마법사입니다"). "해리는 벌써 순간이동을 해 봤대." 론이 약간 겸연쩍어하는 셰이머스에게 말했다. "덤…… 어…… 누가 데려갔었대. 동반 순간이동인 셈이지."

"우아!" 셰이머스가 나지막이 소리쳤다. 그와 딘, 네빌은 순간이동이 어떤 느낌인지 듣기 위해 머리를 좀 더 가까이 기울였다. 그날 내내 해리는 순간이동의 느낌을 설명해 달라는 6학년들에게 포위당했다. 그는 순간이동이 얼마나 불편한지 말해 주었지만 그들은 모두 멈칫하기보다 경이감을 느끼는 듯 보였고, 해리는 그날 저녁 8시 10분 전까지도 자세한 질문에 답하고 있었다. 그는 결국 도서관에 책을 반납하러 가야 한다고 거짓말을 했다. 덤블도어와의 수업에 늦지 않게 빠져나오려면 어쩔 수 없었다.

덤블도어의 연구실에는 등불이 밝혀져 있었고 초상화 속 역대 교장들은 액자 안에서 조용히 코를 골고 있었다. 이번에도 펜시브가 책상 위에 놓여 있었다. 덤블도어는 두 손으로 펜시브 양쪽을 잡고 있었는데, 오른손은 어느 때보다도 시커멓게 불에 그을린 것 같은 모습이었다. 그 손은 전혀 치료되지 않은 것처럼 보였고 해리는, 아마 백 번째는 되는 것 같은데, 무엇이 덤블도어에게 그토록 특이한 부상을 입혔는지 궁금했지만 굳이 묻지 않았다. 덤블도어는 해리도 언젠가 알게 될 거라 했고 어쨌거나 해리에게는 달리 의논하고 싶은 주제가 있었다. 하지만 해리가 스네이프와 말포이에 대해 말을 꺼내기 전에 덤블도어가 먼저 입을 열었다.

"크리스마스 때 마법 정부 총리를 만났다는 이야기를 들었다만?"

"네." 해리가 말했다. "저한테 감정이 별로 좋지 않을 거예요."

"그래." 덤블도어가 한숨을 쉬었다. "총리는 나에 대한 감정도 그리 좋지 않다. 괴로운 일이지만, 해리, 주저앉지 말고 계속 싸워야 한다."

해리가 씩 웃었다.

"스크림저는 제가 마법사 사회에 정부가 훌륭하게 대처하고 있다고 말해 주길 바랐어요."

덤블도어가 미소를 머금었다.

"그건 원래 퍼지의 생각이었단다. 재임 기간이 끝날 무렵 자기 자리를 지키려고 발버둥 치던 와중에 널 만나려고 했지. 네가 자기를 지지해 주길 바라면서 말이다."

"작년에 그런 짓을 해 놓고요?" 해리가 화를 냈다. "엄브리지가 호그와트에서 그 난리를 쳐 놨는데도요?"

"내가 코닐리어스에게 그럴 가능성은 전혀 없다고 말했지만, 퍼지가 그 자리를 떠난 뒤에도 그 생각만큼은 사라지지 않았다. 스크림저도 임명되고 몇 시간 지나지 않아서 나를 찾아와 너와의 만남을 주선해 달라고 하더구나."

"그래서 다투신 거군요!" 해리가 불쑥 내뱉었다. "《예언자일보》에 실려 있었어요."

"《예언자일보》도 가끔씩은 진실을 보도하기 마련이지." 덤블도어가 말했다. "어쩌다 그래서 문제지만 말이다. 그래, 우리가 말다툼을 한 건 바로 그 때문이었어. 루퍼스가 결국은 너에게 접촉할 방법을 찾은 것 같구나."

"스크림저는 제가 '머리끝부터 발끝까지 덤블도어의 사람'이라고 비난했어요."

"아주 무례하구나."

"저는 맞다고 했는데요."

덤블도어는 뭔가 말하려고 입을 열었다가 다시 다물었다. 해리 뒤에서는 불사조 폭스가 노래하듯 낮고 부드러운 울음소리를 냈다. 해리는 무척 당황스럽게도 덤블도어의 밝은 파란색 눈에 물기가 어리는 듯하다는 사실을 문득 깨닫고 시선을 얼른 무릎으로 내렸다. 하지만 잠시 후 입을 연 덤블도어의 목소리는 상당히 안정적이었다.

"무척 감동적이구나, 해리."

"스크림저는 교수님이 호그와트에 안 계실 때 어디에 가는지 알고 싶어 했어요." 해리가 여전히 무릎을 뚫어지게 바라보며 말했다.

"그래, 그 문제에 대해 심하게 참견하더구나." 덤블도어가 이제는 밝아진 목소리로 말했기 때문에 해리는 다시 눈을 들어도 괜찮을 거라고 생각했다. "심지어 내게 미행을 붙이려고도 했다. 사실 재미있는 일이었지. 돌리시에게 내 뒤를 밟으라고 했거든. 좀 너무하지 않았나 싶더구나. 난 이미 돌리시한테 어쩔 수 없이 저주 마법을 건 적이 있었으니 말이다. 무척 안타까운 일이지만, 다시 한 번 그렇게 했단다."

"그럼 정부에서는 지금도 교수님이 어디로 가시는지 모르는 건가요?" 해리는 이 흥미로운 주제에 관해 더 많은 정보를 얻고 싶어 그렇게 물었지만 덤블도어는 그저 반달 모양 안경 너머로 미소만 지을 뿐이었다.

"그래, 모른다. 그리고 지금은 너도 알 때가 아니란

다. 자, 수업을 시작하자꾸나. 혹시 다른 할 얘기가 있다면……."

"실은 있어요, 교수님." 해리가 말했다. "말포이와 스네이프에 관한 거예요."

"스네이프 교수님이다, 해리."

"네, 교수님. 그 둘이 슬러그혼 교수님 파티에서 이야기하는 걸 엿들었어요. 사실 제가 그 두 사람을 미행했거든요……."

덤블도어는 무표정한 얼굴로 해리의 이야기를 들었다. 해리가 말을 마쳤을 때 그는 잠깐 동안 침묵하다가 입을 열었다. "이런 얘기를 해 줘서 고맙다, 해리. 하지만 이 생각은 머릿속에서 제쳐 두는 게 좋겠다. 굉장히 중요한 일은 아니라는 생각이 드는구나."

"굉장히 중요한 일은 아니라고요?" 해리가 믿을 수 없다는 듯 반복했다. "교수님, 제 얘길 이해하신 게……?"

"그래, 해리. 비범한 지능이라는 축복을 받은 덕분에 난 네가 해 준 이야기를 모두 이해했다." 덤블도어가 조금 날카로운 목소리로 말했다. "심지어 내가 너보다 더 많은 걸 이해했을 가능성도 고려해 보거라. 다시 한 번 말하지만, 내게 이런 일들을 털어놓아 준 것은 고맙다. 하지만 네가 한 이야기 중에서 나를 불안하게 만들 만한 것은 하나도 없다는 점을 다시 확실히 해 두마."

해리는 부글부글 끓어오르는 침묵 속에 앉아 덤블도어를 노려보았다. 지금 무슨 일이 벌어지고 있는 걸까? 이 말은, 덤블도어가 정말로 스네이프에게 말포이가 무슨 일을 꾸미고 있는지 알아보도록 지시했다는 뜻일까? 그렇다면 방금 해리가 전한 모든 얘기를 스네이프에게서 이미 들었다는 건가? 아니면 방금 들은 소식 때문에 사실은 걱정이 되지만 그렇지 않은 척하는 걸까?

"그러니까, 교수님." 해리는 자신의 목소리가 예의 바르고 침착하게 들리길 바라며 말했다. "교수님은 지금도 확실히 믿고 계시는……?"

"그 질문에 대해서는 이미 인내심을 갖고 대답해 왔다." 덤블도어는 그렇게 말했지만 그의 목소리에는 더 이상 인내심이 깃들어 있지 않았다. "내 답은 변하지 않았다."

"내가 보기엔 아닌 것 같은데." 어떤 교활한 목소리가 말했다. 피니어스 나이젤러스는 그냥 잠든 척만 하고 있었던 게 분명했다. 덤블도어는 그의 말을 못 들은 체했다.

"그럼 해리, 이제 진도를 나가야겠구나. 오늘 저녁에는 너와 이야기할 더 중요한 문제들이 있단다."

해리는 반항심을 느끼며 앉아 있었다. 덤블도어가 화제를 돌리지 못하게 막으면, 말포이에게 불리한 주장을 고집스럽게 계속 내세우면 어떻게 될까? 해리의 마음을 읽기라도 한 것처럼 덤블도어가 고개를 저었다.

"아, 해리, 이런 일은 너무도 자주 일어난단다. 둘도 없는 친한 친구 사이에서도 말이야! 서로가 자기가 할 말이 상대방이 하려는 말보다 더 중요하다고 생각하는 것 말이다!"

"저는 교수님이 하시려는 말씀이 중요하지 않다고 생각하는 게 아니에요." 해리가 딱딱하게 말했다.

"글쎄, 옳은 생각을 했구나. 이건 정말이지 중요한 이야기니까." 덤블도어가 힘차게 말했다. "오늘 저녁 너에게 보여 줄 기억이 두 가지 있다. 둘 다 굉장히 어렵게 얻은 거고, 두 번째 기억은, 내 생각엔 내가 수집한 것 중에서 가장 중요한 기억이란다."

해리는 아무 말도 하지 않았다. 그는 자신이 털어놓은 비밀이 받은 푸대접에 여전히 화가 났지만 더 말대꾸를 해 봤자 얻을 건 아무것도 없었다.

"자." 덤블도어가 낭랑한 목소리로 말했다. "오늘 저녁에 우리가 만난 건 톰 리들의 이야기를 계속하기 위해서다. 지난 수업에서는 그자의 호그와트 시절이 막 시작되기 직

전에 수업을 마무리했지. 넌 그자가 자신이 마법사라는 말을 듣고 흥분한 일, 나와 함께 다이애건 앨리에 가는 것을 거부한 일, 이어서 내가 학교에 입학한 뒤에는 도둑질을 하지 말라고 경고했던 일도 기억할 게다. 뭐, 학기가 시작되자 톰 리들이 왔다. 허름한 로브를 걸친 조용한 소년이 다른 1학년들과 함께 기숙사 배정을 받으려고 줄을 섰지. 그는 기숙사 배정 모자가 머리에 거의 닿자마자 슬리데린에 배정됐다." 덤블도어는 검게 변한 손으로 머리 너머에 꼼짝 않고 놓여 있는 아주 오래된 기숙사 배정 모자를 가리키며 말을 이었다. "그 유명한 기숙사 창립자가 뱀들과 대화할 수 있었다는 사실을 리들이 알게 되기까지 얼마나 걸렸는지 나는 모른다. 어쩌면 바로 그날 저녁에 알게 됐을지도 모르지. 이 정보는 톰 리들을 흥분시키고, 그 자신이 중요한 사람이라는 생각을 더욱 증폭시켰다. 하지만 톰 리들이 슬리데린 휴게실에서 뱀의 말을 하는 것을 보여 주면서 다른 슬리데린 학생들을 겁먹게 하거나 감탄하게 했을지는 몰라도, 정작 교직원들은 그런 얘기를 한 마디도 듣지 못했다. 겉으로는 오만함이나 공격적인 성향을 전혀 드러내지 않았거든. 비범한 재능을 가진 잘생긴 고아인 그는 도착한 순간부터 자연스럽게 교직원들의 관심과 동정심을 얻었다. 그는 예의 바르고 조용하고 지식에 목말라 하는 것처럼 보였다. 대부분이 그에게 호감을 느꼈지."

"고아원에서 처음 본 그자가 어땠는지 다른 교수님들한 테 말해 주지 않으셨나요?" 해리가 물었다.

"그래, 말하지 않았다. 후회하는 기색을 전혀 보이지 않 기는 했지만 리들이 예전 행실을 반성하고 새 삶을 살기로 결심했을 가능성은 여전히 열려 있었으니까. 나는 리들에 게 그 정도 기회는 주기로 했단다."

덤블도어는 잠시 말을 멈추고 재촉하듯 해리를 바라봤 다. 해리가 뭔가 말하려고 입을 열었던 것이다. 신뢰할 만 한 가치가 없다는 것을 보여 주는 압도적인 증거에도 불구 하고 사람을 믿는 덤블도어의 성향이 다시 한 번 드러나고 있었다! 그런데 그때 해리의 기억에 뭔가가 떠올랐다.

"하지만 교수님은 정말로 그자를 믿으신 건 아니죠? 그 자가 저한테 말했단 말이에요⋯⋯. 일기장에서 나온 리들 이 '덤블도어는 다른 교수들만큼 나를 좋아하지 않는 것 같았다'고 했어요."

"그 애를 믿을 만한 사람이라고 여기지는 않았다고만 해 두자꾸나." 덤블도어가 말했다. "나는 이미 말했듯 그 애를 가까이서 지켜볼 작정이었고, 그래서 그렇게 했단다. 처음 관찰만으로는 얻은 게 많았다고 할 수 없겠구나. 리들은 내게 매우 방어적이었다. 자신의 진정한 정체성을 발견하고 짜릿해진 나머지 나에게 너무 많은 걸 말했다고 느낀게 분명했지. 다시는 그 정도로 뭔가를 드러내지 않으려고 주의했지만, 흥분해서 흘린 얘기나 콜 원장이 내게 털어놓은 이야기를 다시 주워 담을 수는 없었어. 그러나 그 애는 내 수많은 동료 교사들을 매혹시켰듯 나를 매혹시키려들지는 않았다. 그 정도 분별력은 갖추고 있었던 게지. 학년이 올라가면서 리들은 헌신적인 친구 무리를 얻게 됐다. 친구라고 부르는 이유는, 그보다 나은 단어가 없어서야. 하지만 이미 말했듯 리들이 그중 누구에게도 애착을 느끼지 않았다는 건 의심할 여지가 없어. 이 무리는 성안에서일종의 어두운 매력을 발휘했다. 온갖 잡스러운 무리였지. 보호를 원하는 약자들과 영예를 나누고 싶어 하는 야심가들, 좀 더 세련된 방식의 잔혹함을 보여 줄 수 있는 지도자에게 끌리는 악당들이 섞여 있었단다. 달리 말하면, 그들이 죽음을 먹는 자들의 전신이었던 셈이다. 그리고 실제로 그중 몇 명은 호그와트를 떠나 최초의 죽음을 먹는 자들이됐지. 리들의 엄격한 통제를 받았기 때문에 그들은 대놓고 잘못을 저지르다가 발각된 적이 한 번도 없었다. 그래도 그들의 호그와트 7학년 시절은 수많은 추악한 사건들로 점철되었지. 단 한 번도 그들과 그 사건을 확실하게 연관시킬 수는 없었지만 말이다. 물론 그중 가장 심각한 사건은 비밀의 방이 열린 것이었고 그 결과 여학생 한 명이 목숨을 잃었다. 너도 알다시피 애꿎은 해그리드가 그 죄를 뒤집어썼지. 호그와트 시절의 리들에 대한 기억은 그다지 많이 찾아낼 수 없었단다." 덤블도어가 말라비틀어진 손을 펜시브에 얹으며 말했다. "당시에 리들을 알았던 사람들 중에서 그에 대해 이야기할 준비가 된 이들은 별로 없으니 말이야. 다들 너무 겁에 질려 있지. 내가 알아낸 것들은 그자가 호그와트를 떠난 뒤에 관한 기억으로, 힘겨운 노력을 기울여 찾아낸 것이란다. 나는 이 기억들을 얻기 위해 속임수를 걸어 말을 하도록 만들 수 있는 몇 안 되는 사람들을 추적하고, 오래된 기록을 뒤지고, 머글들과 마법사 목격자들을 탐문해야 했다. 내가 설득할 수 있었던 사람들 말에 따르면 리들은 자기 혈통에 집착했다더구나. 물론 이해할 수 있는 일이지. 그자는 고아원에서 자랐으니, 당연히 자기가 어쩌다 그곳에 가게 됐는지 알고 싶어 했을 거다. 그자는 트로피 전시실의 상패들에서, 오래된 학교 기록에 남아 있는 반장 명단에서, 심지어 마법사의 역사에 관한 책에서 톰 리들 1세의 흔적을 찾으려는 헛된 노력을 했던 것 같다. 결국 그자는 자기 아버지가 결코 호그와트에 발을 들인 적이 없다는 사실을 인정해야 했지. 나는 그자가 톰 리들이라는 이름을 영원히 버리고 볼드모트 경이라는 정체성을 취하면서 예전에는 경멸의 대상이었던 어머니의 가문을 조사하기 시작한 것이 그 시점이었다고 믿는다. 너도 기억하겠지만, 볼드모트는 죽음이라는 인간 특유의 부끄러운 약점에 굴복했다는 점으로 볼 때 어머니가 마법사였을 리 없다고 생각했다. 그가 따라야 할 것이라고는 '마볼로'라는 이름 하나뿐이었단다. 그자는 고아원을 운영하던 사람들에게 듣고 그것이 어머니의 아버지 이름이라는 것을 알고 있었지. 마침내, 마법사 가문들에 대한 오래된 책들을 공들여 조사한 끝에 그자는 살아남은 슬리데린의 후계자들이 존재한다는 사실을 알게 됐다. 열여섯 살이 되던 해 여름, 그자는 매년 돌아갔던 고아원을 떠나 곤트 성을 가진 친척들을 찾으러 나섰다. 그럼 해리, 이제 일어서서……."

덤블도어가 자리에서 일어났다. 그는 이번에도 빙빙 도는 진줏빛 기억으로 가득 찬 크리스털 병을 들고 있었다.

"이걸 수집한 건 아주 큰 행운이었단다." 그는 희부옇게 빛나는 물질을 펜시브에 부으며 말했다. "경험하고 나면 너도 내가 왜 이런 말을 하는지 이해하게 될 게다. 자 그럼, 가 볼까?"

해리는 돌 대야로 다가가 얼굴이 기억의 표면 아래로 가라앉을 때까지 가만히 몸을 구부렸다. 아무것도 없는 곳으로 끝없이 떨어지는 익숙한 기분이 들더니 다음 순간 그는 캄캄한 어둠 속 더러운 돌바닥에 내려섰다.

그곳이 어디인지 알아보기까지 몇 초가 걸렸고, 그때쯤에는 덤블도어도 그의 옆에 내려서 있었다. 곤트의 집은 이제 이루 말할 수 없이 더러워져 있었다. 해리가 여태껏 보았던 어떤 곳보다도 더러웠다. 천장에는 두꺼운 거미줄이 쳐 있고 바닥은 찌든 때로 뒤덮여 있었다. 식탁 위에 꾸덕꾸덕해진 냄비가 쌓여 있었는데, 그 속에는 곰팡이가 슬고 썩어 가는 음식이 들어 있었다. 빛이라고는, 눈도 입도 보이지 않을 만큼 머리카락과 턱수염이 무성한 한 남자의 발밑에 놓인 나부끼는 촛불 빛뿐이었다. 그 남자는 벽난로 앞 안락의자에 축 늘어져 있었다. 해리는 잠깐 그가 죽은 건 아닐까 고민했다. 하지만 그때 세차게 문을 두드리는 소리가 들렸다. 남자는 움찔하며 깨어나더니 오른손으로 마법 지팡이를, 왼손으로는 칼을 쥐었다.

문이 삐걱거리며 열렸다. 문 앞에는 구식 등불을 든 한 소년이 서 있었다. 해리는 단번에 그를 알아보았다. 키가 크고 창백한 얼굴에 검은 머리카락을 가진 잘생긴 소년, 10대 시절의 볼드모트였다.

돼지우리 같은 집 안을 천천히 둘러보던 볼드모트의 눈이 안락의자에 앉은 남자를 발견했다. 그들은 한동안 서로를 바라보았다. 뒤이어 남자가 비틀거리며 똑바로 섰다. 발밑의 수많은 빈 병들이 쨍그랑거리며 방 저쪽으로 굴러갔다.

"너!" 남자가 소리쳤다. "네놈이!"

그러더니 그는 마법 지팡이와 칼을 높이 쳐든 채 비틀비틀 리들에게 돌진했다.

"*멈춰.*"

리들이 뱀의 말로 말했다. 남자가 급하게 미끄러져 멈추면서 식탁에 부딪치는 바람에, 곰팡이 슨 냄비들이 요란한 소리를 내며 바닥으로 떨어졌다. 남자는 리들을 뚫어지게 바라보았다. 둘이 서로를 찬찬히 살피는 동안 긴 침묵이 흘렀다. 남자가 먼저 그 침묵을 깼다.

"*네가 그 말을 한다고?*"

"*그래.*" 리들이 말했다. 그는 등 뒤에서 문이 홱 닫히도록 내버려 둔 채 집 안으로 들어왔다. 해리는 두려움이라고는 전혀 찾아볼 수 없는 볼드모트의 그런 태도를 분하지만 인정해 주지 않을 수 없었다. 볼드모트의 얼굴에는 단지 혐오감과, 어쩌면 실망일지도 모르는 감정만이 드러나 있었다.

"마볼로는 어디에 있지?" 볼드모트가 물었다.

"죽었다." 상대방이 말했다. "오래전에 죽었을걸?"

리들은 얼굴을 찌푸렸다.

"그럼 넌 누구지?"

"나는 모핀일걸?"

"마볼로의 아들?"

"그럼, 당연하지……."

모핀은 리들을 더 잘 보려고 더러운 얼굴에서 머리카락을 쓸었다. 해리는 그가 오른손에 마볼로의 검은 돌 반지를 끼고 있는 것을 보았다.

"나는 네가 그 머글인 줄 알았지." 모핀이 속삭였다. "그 머글이랑 정말 똑같이 생겼네."

"무슨 머글?" 리들이 날카롭게 물었다.

"내 여동생이 좋아했던 머글, 길 건너 커다란 저택에 사는 그 머글." 모핀이 말했다. 갑자기 그는 자기 앞 바닥에 침을 퉤 뱉었다. "너는 그 자식이랑 똑같이 생겼어. 리들 말이야. 하지만 그자는 이제 나이가 들었을 텐데. 아닌가? 이제 생각해 보니까 그자는 너보다 나이가 많아……."

모핀은 현기증을 느끼는 듯하더니 살짝 비틀거렸다. 그는 여전히 몸을 지탱하기 위해 식탁 가장자리를 쥐고 있었다.

"그놈이 돌아왔어. *봐 봐.*" 그가 멍청하게 덧붙였다.

볼드모트는 모핀을 재 보듯 빤히 바라보았다. 볼드모트가 좀 더 가까이 다가와서 말했다. "*리들이 돌아왔다고?*"

"아, 리들은 내 여동생을 버렸어. 그런 일을 당해도 싸지, 쓰레기와 결혼하다니!" 모핀은 또다시 바닥에 침을 뱉었다. "내 여동생은 도망치면서, 제기랄, 집을 털어 갔어! 목걸이는 어디 있지? 응? 슬리데린의 로켓 말이야!"

볼드모트는 대답하지 않았다. 모핀은 다시 분노를 터뜨렸다. 그가 칼을 휘두르며 소리쳤다. "우리 명예를 더럽혔어, 내 여동생이, 그 더러운 것이! 그런데 넌 누구냐? 왜 여기 들어와서 그 모든 일을 캐묻는 거지? 다 끝난 일 아닌가? 다 끝났다고……."

그는 약간 비틀거리며 시선을 돌렸다. 볼드모트가 앞으로 움직였다. 부자연스러운 어둠이 내리더니 볼드모트의 등불과 모핀의 촛불을 껐다. 모든 것을 꺼 버렸다…….

덤블도어의 손이 해리의 팔을 움켜쥐었다. 그들은 다시 현재로 날아가고 있었다. 한 치 앞도 볼 수 없는 그 어둠을 겪고 나니 덤블도어 연구실의 그 부드러운 황금빛에도 눈이 부실 지경이었다.

"저게 다예요?" 해리가 즉시 물었다. "왜 어두워진 거예요? 무슨 일이 있었던 거죠?"

"그 이후로는 모핀이 아무것도 기억하지 못하기 때문이란다." 덤블도어가 해리에게 다시 앉으라고 손짓하며 말했다. "다음 날 아침에 일어났을 때 모핀은 바닥에 홀로 누워 있었다. 마볼로의 반지가 사라져 있었지. 한편, 리틀 행글턴 마을에서는 가정부 한 사람이 대저택의 응접실에 시체 세 구가 쓰러져 있다고 소리소리 지르며 큰길을 달려가고 있었다. 톰 리들 1세와 그의 어머니, 아버지의 시체였지. 머글 당국은 혼란에 빠졌단다. 내가 아는 한, 그 사람들은 지금까지도 리들 가족이 어떻게 죽었는지 모른단다. 아바다 케다브라 저주는 보통 아무런 흔적도 남기지 않으니까. ……예외가 내 앞에 앉아 있긴 하다만." 덤블도어는 고갯짓으로 해리의 흉터를 가리키며 덧붙였다. "반면 우리 정부에서는 그것이 마법사에 의한 살인이라는 사실을 곧바로 알아차렸다. 그들은 리들 저택 맞은편 계곡에 전과가 있는 머글 혐오주의자가 살고 있다는 것도 알았지. 살해당한 사람들 중 한 명을 공격해 이미 한 차례 수감된 적이 있는 머글 혐오주의자 말이다. 그래서 정부는 모핀을 소환했단다. 그들은 베리타세룸이나 레질리먼시를 써서 모핀을 취조할 필요가 없었다. 모핀이 그 자리에서 살인을 인정하고 오직 범인만 알 수 있는 자세한 정보를 술술 내뱉었으니까. 그는 그 머글들을 죽인 게 자랑스럽다고, 그 오랜 세월 동안 기회만 노리고 있었다고 말했다. 그가 마법 지팡이를 내놓자 곧바로 그것이 리들 가족을 죽인 무기라는 게 밝혀졌지. 모핀은 사람들이 아즈카반으로 끌고 가는데도 저항하지 않고 가만히 있었다. 그가 신경 쓰는 것이라고는 아버지의 반지가 사라졌다는 사실뿐이었어. '그걸 잃어버리다니 아버지가 날 죽일 거야.' 그자는 자신을 체포한 사람들에게 끊임없이 그렇게 말했다. '그 반지를 잃어버리다니 아버지가 날 죽일 거야'라고 말이야. 그가 다시 입을 열고 한 말은 그것밖에 없는 것 같더구나. 그는 마볼로의 마지막 유물을 잃어버린 것을 슬퍼하면서 남은 생을 아즈카반에서 보냈고, 아즈카반 성벽 안에서 목숨이 다한 다른 불쌍한 영혼들과 나란히 감옥 옆에 묻혔다."

"그러니까 볼드모트가 모핀의 마법 지팡이를 훔쳐 가서

쓴 건가요?" 해리가 다시 허리를 펴고 앉으며 말했다.

"그래." 덤블도어가 말했다. "우리에게 이 사실을 보여줄 기억은 없지만 나는 무슨 일이 일어났는지 확실히 알 것 같구나. 볼드모트는 자기 외삼촌에게 기절 마법을 건 다음 그의 마법 지팡이를 들고 계곡을 가로질러 '길 건너 커다란 저택'으로 갔다. 거기에서 그는 마법사 어머니를 버린 머글 남자를 죽이고 덤으로 머글 조부모까지 죽임으로써 쓸모없는 리들의 마지막 핏줄을 지우고 단 한 번도 자기를 원하지 않았던 아버지에게 복수했다. 그런 다음 곤트 오두막으로 돌아가 삼촌의 머릿속에 가짜 기억을 심는 복잡한 마법을 걸고 모핀의 마법 지팡이를 의식 잃은 주인 옆에 놓아둔 뒤, 그가 끼고 있던 낡은 반지를 챙겨서 떠난 게다."

"그럼 모핀은 그 일이 자기 짓이 아니라는 걸 영영 깨닫지 못했나요?"

"그래." 덤블도어가 말했다. "방금 말했듯이 모핀은 자랑스러워하면서 모든 걸 자백했단다."

"하지만 이 진짜 기억이 내내 남아 있었잖아요!"

"그렇단다, 하지만 그자에게서 이 기억을 끄집어내는 데는 고도로 숙련된 레질리먼시 마법이 필요했지." 덤블도어가 말했다. "게다가 모핀이 이미 죄를 자백했는데 누가 그 자의 머릿속을 더 뒤져 보겠니? 하지만 나는 모핀의 인생 마지막 몇 주 동안 그를 한 차례 면회할 기회를 잡을 수 있었단다. 그 당시 나는 볼드모트의 과거에 대해 최대한 많은 것을 알아내려 애쓰고 있었거든. 나는 이 기억을 어렵게 끌어냈다. 이 기억 속에 뭐가 담겨 있는지 보고 나서는 모핀을 아즈카반에서 석방시키는 데 활용하려 했지. 하지만 모핀은 정부에서 결정을 내리기 전에 죽고 말았단다."

"하지만 볼드모트가 모핀한테 그런 짓을 한 걸 어떻게 정부에서 모를 수 있죠?" 해리가 화를 내며 물었다. "볼드모트는 그때 미성년자였잖아요. 아닌가요? 저는 정부가 미성년이 쓴 마법을 탐지할 수 있는 줄 알았는데요!"

"네 말이 맞다. 정부는 마법을 탐지할 수 있지만, 그 마법을 쓴 사람이 누군지는 알 수 없어. 네가 공중부양 마법을 걸었다며 정부에서 너를 추궁했던 일을 너도 기억할 거다. 그건 사실……."

"도비가 쓴 거였죠." 해리가 신음했다. 그 부당함이 아직도 가슴에 사무쳤다. "그러니까 미성년 마법사라도 성인 마법사가 있는 집 안에서 마법을 쓰면 정부가 알 수 없다는 거예요?"

"누가 마법을 썼는지는 확실히 알 수 없지." 덤블도어는 화가 나서 어쩔 줄 몰라 하는 해리의 얼굴을 보며 살짝 미소 지었다. "정부는 집에 있는 동안에는 마법사 부모가 자식들을 관리할 거라고 믿고 있거든."

"말도 안 되는 소리네요." 해리가 쏘아붙였다. "무슨 일이 일어났는지 좀 보세요. 모핀이 어떻게 됐는지 보시라고요!"

"나도 같은 의견이다." 덤블도어가 말했다. "모핀이 어떤 인간이었든 그는 그런 식으로, 자기가 저지르지도 않은 살인으로 비난을 받으며 죽어 마땅한 사람은 아니었다. 한데 시간이 늦어지고 있구나. 헤어지기 전에 다른 기억도 봐주었으면 좋겠다……."

덤블도어가 안주머니에서 또 다른 크리스털 병을 꺼내자 해리는 곧바로 입을 다물었다. 이것이 덤블도어가 수집한 것 중에서 가장 중요한 기억이라고 말했던 게 떠올랐기 때문이다. 그 내용물이 좀처럼 펜시브에 비워지지 않는 것이 눈에 띄었다. 약간 엉겨 있는 것 같기도 했다. 기억이 상한 걸까?

"오래 걸리지는 않을 거다." 마침내 병을 비운 덤블도어가 말했다. "네가 알아차리기도 전에 돌아오게 될 거야. 그럼 다시 한 번 펜시브로 들어가자꾸나."

또다시 은색 표면 아래로 떨어져 내린 해리는 이번에는
어떤 남자 바로 앞에 내려섰다. 해리는 대번에 그를 알아
보았다.

그 사람은 훨씬 젊은 시절의 호러스 슬러그혼이었다. 해
리는 대머리가 된 슬러그혼의 모습에 너무 익숙해져 있어
서인지, 숱 많고 반짝이는 밀짚 색깔 머리카락을 가진 슬
러그혼의 모습을 보자 꽤 혼란스러웠다. 이미 정수리에 갈
레온 크기만큼 머리카락이 빠져 빛나고 있었지만, 그래도
머리에 초가지붕을 얹은 것처럼 보였다. 지금보다 훨씬 덜
무성한 그의 콧수염은 적갈색을 띤 금빛이었다. 해리가 알
고 있는 슬러그혼만큼 통통하지는 않았지만, 화려하게 수
놓은 조끼의 황금색 단추들이 몹시 팽팽하게 당겨져 있었
다. 그는 작은 두 발을 두꺼운 벨벳 쿠션에 얹어 놓은 채
편안한 윙백 안락의자에 앉아 한 손에는 작은 와인 잔을
쥐고 다른 손으로는 설탕에 절인 파인애플 상자를 뒤적거
리고 있었다.

덤블도어가 옆에 나타나자 해리는 주위를 둘러보고 자
신들이 슬러그혼의 연구실에 서 있다는 사실을 알아차렸
다. 슬러그혼 주위에는 대여섯 명의 소년이 더 딱딱하거
나 낮은 의자에 앉아 있었다. 다들 10대 중반으로 보였다.

해리는 단번에 리들을 알아보았다. 그는 그 소년들 중에서 가장 잘생겼고 가장 여유로워 보였다. 그의 오른손은 의자 팔걸이에 태연하게 놓여 있었다. 해리는 움찔하며 그의 손에 끼워진 황금색과 검은색으로 된 마볼로의 반지를 보았다. 그는 이미 자기 아버지를 죽인 뒤였다.

"교수님, 메리소트 교수님이 은퇴하신다는 게 사실인가요?" 리들이 물었다.

"톰, 톰. 나는 알더라도 말해 줄 수 없다." 슬러그혼이 리들을 향해 설탕이 잔뜩 묻은 손을 나무라듯 흔들며 말했다. 하지만 눈을 살짝 찡긋하는 바람에 꾸짖는 효과는 줄어들었다. "정말이지 어디서 그런 정보를 얻는지 궁금하구나, 녀석. 여느 교직원보다 더 많은 걸 알고 있으니, 원."

리들이 씩 웃었다. 다른 소년들이 웃음을 터뜨리며 선망의 눈빛으로 그를 바라보았다.

"알아선 안 되는 걸 알아내는 불가사의한 능력에, 주요 인사들을 대하는 그 신중한 처세하며…… 어쨌든 파인애플은 고맙구나. 정확히 맞혔어. 이건 내가 가장 좋아하는 거란다."

몇몇 소년이 킥킥 웃는 가운데 아주 이상한 일이 일어났다. 방 전체가 짙은 하얀색 안개로 가득 찼던 것이다. 해리의 눈에는 옆에 서 있는 덤블도어의 얼굴밖에 보이지 않았다. 그러더니 안개 속에서 슬러그혼의 목소리가 부자연스러울 만큼 크게 울려 퍼졌다. "……큰일 날 거다, 얘야. 내 말 명심해라."

안개는 나타났을 때처럼 갑자기 사라졌다. 하지만 아무도 그에 대해 이야기하지 않았고 방금 이상한 일이 일어난 것 같은 표정들도 아니었다. 당황한 해리는 주위를 둘러보았다. 그때 슬러그혼의 책상에 놓여 있던 작은 황금 시계가 11시를 알렸다.

"이런 세상에, 벌써 시간이 이렇게 됐나?" 슬러그혼이 말했다. "이제 가 보는 게 좋겠구나, 얘들아. 그렇지 않으면 모두 난처해질 거야. 레스트레인지, 내일까지 작문 숙제를 제출하거라. 안 그러면 방과 후 징계예요. 너도 마찬가지고, 에이버리."

아이들이 줄지어 나가는 동안 슬러그혼은 안락의자에서 몸을 일으켜 빈 잔을 들고 책상으로 걸어갔다. 하지만 리들은 여전히 남아 있었다. 해리는 그가 슬러그혼과 단둘이 있고 싶어서 일부러 꾸물거렸다는 것을 알았다.

"서두르려무나, 톰." 돌아서서 그가 아직도 남아 있는 것을 확인한 슬러그혼이 말했다. "취침 시간이 지났는데 침실 밖을 돌아다니다가 걸리고 싶지는 않겠지? 게다가 넌 반장이기도…….”

“교수님, 여쭤볼 게 있는데요.”

“그럼 물어봐야지, 애야. 물어보려무나.”

“교수님이 혹시 알고 계시는지 궁금했습니다. 그…… 호크룩스에 대해서요.”

이번에도 그 모든 일이 되풀이되었다. 짙은 안개가 연구실을 가득 채워서 슬러그혼의 모습도, 리들의 모습도 전혀 보이지 않았다. 오직 곁에서 평온하게 미소 짓고 있는 덤블도어만 보였다. 그러더니 좀 전과 마찬가지로 슬러그혼의 목소리가 울려 퍼졌다.

“나는 호크룩스에 대해서 아무것도 모르고, 안다 하더라도 말해 주지 않을 거다! 당장 여기서 나가! 다시는 내 앞에서 그 얘기를 꺼내지 말거라!”

“자, 이게 다란다.” 해리 옆에서 덤블도어가 차분하게 말했다. “갈 시간이구나.”

해리의 두 발이 바닥에서 떨어졌다. 잠시 후 그는 덤블도어의 책상 앞 깔개 위에 내려섰다.

“이게 다예요?” 해리가 멍하니 물었다.

덤블도어는 이것이 가장 중요한 기억이라고 했지만 해

리는 뭐가 그렇게 의미심장하다는 건지 알 수 없었다. 갑자기 안개가 낀 것과 아무도 그것을 눈치채지 못한 것처럼 보인다는 사실이 이상한 건 알겠지만, 그 외에는 리들이 질문을 던지고 답을 듣는 데 실패했을 뿐 아무 일도 벌어지지 않은 것 같았다.

"너도 눈치챘겠지만" 하고, 덤블도어가 책상 뒤로 가서 앉으며 말했다. "이 기억은 조작됐다."

"조작됐다고요?" 해리도 자리에 앉으며 물었다.

"확실해." 덤블도어가 말했다. "슬러그혼 교수가 자기 기억을 조작한 게다."

"하지만 왜요?"

"왜냐하면, 내 생각이다만, 슬러그혼 교수가 자기 기억에 부끄러움을 느끼기 때문이지." 덤블도어가 말했다. "그는 자신이 좀 더 좋게 비춰지도록 기억을 재구성하려고 했다. 나한테 보여 주고 싶지 않은 부분을 지우면서 말이야. 너도 눈치챘겠지만 그 작업은 매우 어설프게 이루어졌다. 결국은 잘된 일이지. 대체된 내용 아래 아직 진짜 기억이 있다는 사실을 보여 주니까. 자 그래서, 처음으로 숙제를 내주마, 해리. 슬러그혼 교수를 설득해서 진짜 기억을 폭로하게 만드는 게 너의 임무다. 그 기억이 틀림없이 우리가 얻은 것 중에서 가장 핵심적인 정보가 될 게다."

해리는 그를 빤히 쳐다보았다.

"하지만 교수님, 당연히……." 그는 가능한 한 공손한 목소리로 말하려고 애썼다. "제가 필요하지 않으실 텐데요. 레질리먼시를 쓰실 수도 있고…… 베리타세룸이나……."

"슬러그혼 교수는 그 두 가지 모두를 예상할 수 있는 굉장히 뛰어난 마법사다." 덤블도어가 말했다. "그는 불쌍한 모핀 곤트보다 오클루먼시에 훨씬 숙련되어 있고, 계속되는 내 강압적인 요구에 이런 어이없는 수정본을 내놓은 이후로 베리타세룸 해독제를 가지고 다니지 않는다면 그게 더 놀라운 일일 테지. 그래, 나는 슬러그혼 교수에게서 억지로 진실을 끌어내는 건 어리석은 일이라고 생각한다. 이점보다는 해가 더 많을지도 모르지. 슬러그혼 교수가 호그와트를 떠나는 건 바라지 않으니 말이다. 하지만 모든 사람이 그렇듯 슬러그혼 교수에게도 약점이 있고, 나는 너야말로 그의 방어를 뚫을 수도 있는 유일한 사람이라고 믿는다. 그 진짜 기억을 확보하는 건 대단히 중요한 일이란다, 해리. 얼마나 중요한지는 진짜 기억을 본 다음에야 알 수 있을 게다. 잘 자거라."

갑작스러운 작별 인사에 조금 놀란 해리는 재빨리 자리

에서 일어났다.

"안녕히 주무세요, 교수님."

그는 연구실 밖으로 나가 문을 닫으면서 피니어스 나이젤러스가 말하는 소리를 똑똑히 들었다. "나는 저 꼬마가 자네보다 그 일을 더 잘 해낼 거라고 생각하는 이유를 모르겠는데, 덤블도어."

"나도 당신이 알 거라고는 생각하지 않았습니다, 피니어스." 덤블도어가 대답했고 폭스가 또 한 번 노래하듯 나직한 울음소리를 냈다.

18장
깜짝 생일 선물

다음 날, 해리는 론과 헤르미온느에게 덤블도어가 어떤 임무를 맡겼는지 털어놓았다. 물론 헤르미온느가 론을 경멸 어린 눈길로 한 번 쳐다보고 나면 더 이상 그와 함께 있으려 들지 않았으므로 각각 따로 전했다.

론은 해리가 슬러그혼을 설득하는 데 아무 문제도 없을 거라고 봤다.

"널 좋아하잖아." 아침 식사 시간에 그가 달걀프라이를 포크에 찍어 들고 흔들며 말했다. "네가 부탁하는 일은 아무것도 거절하지 않을 거야. 안 그래? 귀여운 마법약 왕자인데. 그냥 오늘 오후 수업이 끝나고 남아서 물어봐."

하지만 헤르미온느는 좀 더 비관적인 관점을 가지고 있

었다.

"덤블도어 교수님도 알아낼 수 없었다면 슬러그혼 교수님은 실제로 무슨 일이 있었는지 숨기려고 단단히 작정한 상태일 거야." 쉬는 시간, 눈 내리는 인적 없는 교정에 서서 그녀가 나직한 목소리로 말했다. "호크룩스라…… 호크룩스…… 난 들어 본 적도 없어."

"못 들어 봤다고?"

해리는 실망했다. 그는 호크룩스가 뭔지에 대해 헤르미온느가 단서를 줄 수 있을지도 모른다고 생각했던 것이다.

"고난도 어둠의 마법이 틀림없어. 그게 아니라면 볼드모트가 왜 알고 싶어 했겠어? 내 생각에 그 정보를 얻는 건 어려울 것 같아, 해리. 슬러그혼 교수님한테는 아주 신중하게 접근해야 할 거야. 전략을 짜 봐."

"론은 그냥 오늘 오후 마법약 수업이 끝나고 교실에 남아서……."

"아, 뭐, 로-온이 그렇게 생각한다면 그렇게 해야지." 그녀가 대번에 언성을 높이며 말했다. "하기야, 로-온의 판단이 틀린 적이 한 번이라도 있었니?"

"헤르미온느, 제발 좀……."

"싫어!" 그녀는 버럭 화를 내더니 발목까지 잠긴 눈밭에 해리를 혼자 두고 쿵쿵거리며 가 버렸다.

해리, 론, 헤르미온느 셋이서 책상을 같이 써야 한다는 사실만으로도 요즘 마법약 수업 시간은 괴롭기 짝이 없었다. 그 와중에 오늘은 헤르미온느가 어니와 더 가까이 앉으려고 책상 끝으로 솥단지를 옮겨 가서는 해리와 론 둘 다 못 본 척했다.

"너는 뭘 잘못했냐?" 론이 헤르미온느의 새침한 옆얼굴을 바라보며 해리에게 중얼거렸다.

하지만 해리가 답할 겨를도 없이 슬러그혼이 교실 앞에서 조용히 하라고 소리쳤다.

"조용, 조용히 하거라, 얘들아! 자, 빨리. 오늘 오후에는 할 일이 아주 많아! 골팔로트의 세 번째 법칙에 대해서 얘기할 수 있는 사람……? 물론 그레인저 양이겠지!"

헤르미온느는 숨 쉴 틈도 없이 술술 읊었다. "골팔로트의세번째법칙에따르면혼합독약의해독제의총량은구성성분각각에대한해독제의총량과같거나그이상입니다."

"정확하다!" 슬러그혼이 활짝 웃으며 말했다. "그리핀도르에 10점! 자, 골팔로트의 세 번째 법칙이 사실이라고 전제하면……."

해리는 골팔로트의 세 번째 법칙이 사실이라는 슬러그

혼의 말을 그대로 받아들일 생각이었다. 무슨 뜻인지 전혀 이해가 가지 않았기 때문이다. 해리뿐만 아니라, 헤르미온느를 제외한 누구도 그 뒤에 이어진 슬러그혼의 설명을 따라가지 못하는 듯했다.

"……그 말은 즉, 물론 스카핀의 드러내기 마법으로 마법약의 구성 성분을 제대로 파악하는 데 성공했다 하더라도, 우리의 주된 목표는 구성 성분 각각에 대한 해독제를 선택하는 비교적 간단한 일이 아니라 어떤 성분이 첨가됐는지를 찾아내서 그 성분이 연금술적인 과정에 의해 개별 요소들을 어떻게 변화시키는지……."

론은 해리 옆에서 입을 반쯤 벌리고 앉아 새《고급 마법약 제조》에 멍하니 낙서를 하고 있었다. 론은 수업 내용이 이해가 안 될 때 헤르미온느가 곤경에서 구해 줄 거라는 기대를 더 이상 할 수 없다는 사실을 자꾸만 잊어버렸다.

"……그러므로" 하고, 슬러그혼이 말을 마무리했다. "너희 모두 나와서 내 책상에 놓여 있는 유리병들을 하나씩 가져가길 바란다. 수업이 끝나기 전까지 병 속에 든 독약의 해독제를 만들어야 한다. 행운을 빌어 주마. 보호용 장갑 끼는 것 잊지 말고!"

헤르미온느는 다른 학생들이 일어나야 할 때라는 걸 알

아차리기도 전에 이미 의자에서 일어나 슬러그혼의 책상에 반쯤 다다라 있었고, 해리와 론과 어니가 책상으로 돌아왔을 때는 벌써 유리병의 내용물을 솥단지에 쏟아 넣은 뒤 불을 피우고 있었다.

"이번에는 왕자가 널 도와줄 수 없어서 안됐다, 해리." 그녀가 허리를 펴며 밝은 목소리로 말했다. "이건 원리를 이해해야만 해낼 수 있는 과제거든. 요령도, 속임수도 소용없어!"

짜증이 난 해리는 슬러그혼의 책상에서 가져온 유리병의 코르크 마개를 뽑았다. 독약은 요란한 분홍색이었다. 해리는 그것을 솥단지에 쏟아붓고 불을 피웠다. 다음에는 뭘 해야 할지 아주 희미하게조차 떠오르지 않았다. 그는 론을 힐끗 보았는데, 그 역시 해리가 한 모든 일을 따라 한 다음인지라 멍청한 표정으로 서 있기만 했다.

"왕자가 아무것도 안 써 놓은 거 확실해?" 론이 해리에게 속삭거렸다.

해리는 믿음직스러운 《고급 마법약 제조》를 꺼내 해독제에 관한 장을 펼쳤다. 거기에는 헤르미온느가 토씨 하나 틀리지 않고 읊은 골팔로트의 세 번째 법칙이 그대로 적혀 있었지만 그것이 무슨 의미인지 이해할 수 있게 설명한 왕자의 필기는 단 한 글자도 보이지 않았다. 왕자는 헤르미온느처럼 그 말을 이해하는 데 아무 어려움이 없었던 것 같았다.

"없어." 해리가 우울하게 말했다.

헤르미온느는 솥단지 위로 열심히 마법 지팡이를 휘두르고 있었다. 안타깝게도 그들은 헤르미온느의 주문을 따라 할 수 없었다. 그녀는 이제 무언 주문 마법을 거는 솜씨가 너무나 좋아져서 주문을 소리 내어 외울 필요가 없었던 것이다. 하지만 해리와 론은 어니 맥밀런이 솥단지 위에 대고 "스페시알리스 리빌리오"라고 중얼거리는 것을 유심히 듣고 얼른 그를 따라 했다.

해리는 겨우 5분 만에 이 수업에서 가장 뛰어난 마법약 제조가라는 명성이 무너지고 있음을 깨달았다. 오늘 수업에서 처음으로 교실을 둘러보고 나선 슬러그혼은 평소처럼 기쁘게 소리칠 준비를 하고 기대감에 차서 해리의 솥단지 안을 들여다봤다가 달걀 썩는 냄새에 기겁을 하고 쿨럭쿨럭 기침을 하면서 다급히 머리를 뒤로 젖혔다. 헤르미온느는 그 이상 우쭐할 수가 없는 표정이었다. 그녀는 마법약 시간마다 해리보다 뒤처지는 것을 무척 분하게 여겼다. 이제 그녀는 자신의 마법약에서 희한하게도 열 가지로 분리되어 나온 마법약 성분들을 각각 크리스털 병에 담고 있었다. 해리는 그 짜증 나는 광경을 보지 않으려고 혼혈 왕자의 책으로 고개를 푹 숙인 채 필요 이상으로 힘주어 몇 페이지를 넘겼다.

그리고 긴 해독제 목록 위에 휘갈겨 쓴 문장을 보았다.

그냥 목구멍에 베조아르를 밀어 넣으면 된다.

해리는 이 문장을 잠시 바라보았다. 오래전에 베조아르에 대해 들어 본 적이 있지 않나? 첫 번째 마법약 수업에서 스네이프가 베조아르를 언급하지 않았나? '베조아르는 염소의 위에서 채취한 돌로, 그걸 쓰면 대부분의 독이 듣지 않게 된다.'

이것은 골팔로트와 관련된 문제의 답이 아니었고, 스네이프가 아직도 마법약 교수였다면 해리는 감히 그런 일을 할 엄두조차 못 냈을 것이다. 하지만 지금은 최후의 수단이라도 써야 할 순간이었다. 그는 비품 저장고로 달려가 그 안을 뒤졌다. 그리고 유니콘 뿔과 말린 허브 뭉치 같은 것들을 밀치며 뒤진 끝에 마침내 가장 안쪽에서 '베조아르'라고 적혀 있는 작은 종이 상자를 찾았다.

슬러그혼이 "다들 2분 남았다!"라고 소리친 순간 해리는 상자를 열었다. 안에는 쪼그라든 갈색 덩어리 대여섯 개가 들어 있었다. 그것들은 진짜 돌이라기보다는 말린 콩팥처럼 보였다. 해리는 그중 하나를 집어 들고 상자를 다시 저장고에 넣은 뒤 서둘러 솥으로 돌아왔다.

"시간…… **다 됐다!**" 슬러그혼이 다정하게 외쳤다. "자, 어떻게들 했나 보자! 블레이즈…… 넌 뭘 줄 테냐?"

슬러그혼은 천천히 교실을 돌아다니며 다양한 해독제들을 살펴보았다. 슬러그혼이 도착하기 전에 몇 가지 재료를 더 병에 쑤셔 넣고 있는 헤르미온느를 제외하고 과제를 마무리한 사람은 아무도 없었다. 론은 완전히 포기한 채 자신의 솥단지에서 뿜어 나오는 썩은 내를 들이마시지 않으려 애쓰고 있었다. 해리는 제자리에 서서 살짝 땀이 밴 손에 베조아르를 쥐고 기다렸다.

슬러그혼이 마지막으로 그들의 탁자에 도착했다. 그는 어니의 마법약에 대고 코를 킁킁거리더니 얼굴을 찌푸리며 론의 솥으로 넘어갔다. 그러더니 론의 솥 앞에 한순간도 더 머물지 않고 살짝 구역질을 하면서 재빨리 물러섰다.

"그리고 너는, 해리." 그가 말했다. "뭘 보여 줄 테냐?"

해리는 베조아르를 손바닥에 올려놓은 채 손을 내밀었다.

슬러그혼은 10초 정도 그것을 내려다보았다. 해리는 순간 슬러그혼이 자기에게 소리를 지르려는 줄 알았다. 그때, 슬러그혼이 고개를 홱 젖히고 웃음을 터뜨렸다.

"녀석, 배짱 한번 좋구나!" 그는 베조아르를 가져가 학생들이 볼 수 있도록 들어 올리며 우렁우렁한 목소리로 말했다. "아, 네 어머니랑 똑같아……. 뭐라고 할 수가 없겠구나……. 베조아르라면 확실히 이 모든 마법약의 해독제 역할을 할 테니!"

헤르미온느는 얼굴은 땀에 젖고 코에는 재가 묻은 채 잔뜩 화가 난 표정이었다. 그녀 자신의 머리카락 한 움큼을 포함해 쉰두 가지의 내용물로 이루어진 헤르미온느의 해독제가 반쯤 완성된 채 슬러그혼 뒤에서 천천히 부글거리고 있었지만 슬러그혼의 눈에는 해리밖에 보이지 않았다.

"베조아르는 혼자 생각해 낸 거니, 해리?" 그녀가 이를 악물고 물었다.

"이거야말로 진정한 마법약 제조가에게 필요한 독창성이지!" 해리가 대답할 겨를도 없이 슬러그혼이 기쁜 듯 말했다. "어머니와 똑같구나. 릴리도 마법약 제조에 대해 직관적으로 이해하곤 했지. 틀림없이 릴리의 재능을 물려받은 거야……. 그래, 해리, 맞다. 베조아르를 갖고 있다면 그걸로 통할 게다……. 하지만 베조아르가 모든 독에 듣는 건 아니고 상당히 희귀하기 때문에 해독제를 혼합하는 방법을 아는 건 여전히 가치 있는 일이지."

이 교실에서 헤르미온느보다 더 화난 것처럼 보이는 유일한 사람은 말포이였는데, 해리는 그가 고양이 토사물처럼 보이는 뭔가를 뒤집어쓴 것을 보고 기분이 좋아졌다. 하지만 둘 중 한 사람이 해리가 아무것도 하지 않고 수업에서 최고의 학생이 되었다는 사실에 분노를 표시하기 전에 종이 울렸다.

"짐 챙길 시간이구나!" 슬러그혼이 말했다. "대놓고 뻔뻔스럽게 군 것에 대해서 그리핀도르에 10점 더 주마!"

그는 여전히 키득거리며 지하 감옥 교실 앞 자신의 책상으로 어기적어기적 돌아갔다.

해리는 가방 싸는 데 시간을 많이 들이면서 늑장을 부렸다. 론도, 헤르미온느도 교실을 나가면서 그에게 행운을 빌어 주지 않았다. 둘 다 화가 난 표정이었다. 마침내 해리와 슬러그혼 둘만이 교실에 남았다.

"자, 어서 가거라, 해리. 다음 수업에 늦겠다." 슬러그혼이 용 가죽 서류 가방의 황금 걸쇠를 탁 닫으며 다정하게 말했다.

"교수님." 해리는 그렇게 말하며 어쩔 수 없이 볼드모트를 떠올렸다. "뭐 좀 여쭤보고 싶은데요."

"그럼 물어봐야지, 애야. 물어보려무나."

"교수님이 혹시 알고 계시는지 궁금해서요. 그…… 호크룩스에 관해서요."

슬러그혼은 순간 굳어 버렸다. 그의 동그란 얼굴이 움푹 꺼지는 듯했다. 그는 입술을 핥더니 쉰 목소리로 말했다. "뭐라고 했니?"

"호크룩스에 관해서 아시는 게 있는지 여쭤봤습니다, 교수님. 그게……."

"덤블도어가 시켰구나." 슬러그혼이 속삭였다.

그의 목소리는 완전히 달라져 있었다. 더 이상 다정하지도 않았고, 충격을 받아 겁에 질려 있었다. 그는 가슴 주머니에서 손수건을 꺼내 땀이 맺힌 이마를 훔쳤다.

"덤블도어가 너한테 그…… 그 기억을 보여 준 게야." 슬러그혼이 말했다. "그렇지? 맞지?"

"네." 해리는 거짓말하지 않는 게 최선이라고 즉석에서 판단하고 그렇게 대답했다.

"그래, 물론 그렇겠지." 슬러그혼이 여전히 하얗게 질린 얼굴을 손수건으로 문지르며 조용히 말했다. "뻔해…….

글쎄, 그 기억을 봤다면 말이다, 해리, 너도 내가 아무것도 모른다는 걸 알 게다. *아무것도……*" 그는 이 단어를 힘주어 반복했다. "호크룩스에 대해서 말이야."

그는 용 가죽 가방을 집어 들고 손수건을 다시 주머니에 쑤셔 넣은 뒤 지하 감옥 교실 문으로 성큼성큼 걸어갔다.

"교수님." 해리가 절박하게 말했다. "전 그저 기억이 좀 더 있을지도 모른다고……."

"그래?" 슬러그혼이 말했다. "그럼 네가 틀린 거란다. **틀렸어!**"

그는 마지막 말을 내지르고는 해리가 다른 말을 할 겨를도 없이 지하 감옥 교실을 나가며 문을 쾅 닫아 버렸다.

해리가 이 재앙에 가까운 면담 이야기를 했을 때는 론도 헤르미온느도 전혀 동정하는 기색을 보이지 않았다. 헤르미온느는 여전히 해리가 과제를 제대로 하지 않고 칭찬받은 일에 열을 내고 있었다. 론은 해리가 자기에게 베조아르를 슬쩍 건네주지 않은 것에 분노했다.

"우리 둘 다 그렇게 했으면 그냥 멍청해 보였을 거야!" 해리가 짜증이 깃든 목소리로 말했다. "들어 봐, 슬러그혼을 구워삶아야 하잖아. 볼드모트 얘기를 하려면 말이야. 아, *정신 좀 차려!*" 그가 분통을 터뜨리며 덧붙였다. 론이 볼드모트라는 이름을 듣고 화들짝 놀랐기 때문이었다.

실패도 실패지만 론과 헤르미온느의 태도에도 화가 난 해리는 이어지는 며칠 동안 다음에는 슬러그혼에게 뭘 해 봐야 할지 고민했다. 그는 당분간 슬러그혼이 해리가 호크룩스에 대한 것은 모두 잊어버렸다고 생각하도록 행동해야겠다고 결심했다. 공격을 재개하기 전에, 거짓으로 안전하다는 느낌을 받도록 그를 꾀어내는 게 최선이었다.

해리가 다시 질문하지 않자 마법약 교수 슬러그혼은 원래 그를 대하던 애정 어린 태도로 돌아갔고, 그 문제는 머릿속에서 치워 둔 것처럼 보였다. 해리는 그의 단출한 저녁 파티 중 하나에라도 초대받기를 기다렸다. 이번에는 퀴디치 훈련 일정을 다시 잡아야 하더라도 받아들일 작정이었다. 하지만 안타깝게도 그런 초대장은 오지 않았다. 해리는 헤르미온느와 지니에게도 확인해 봤지만 둘 중 누구도 초대장을 받지 못했고, 그들이 아는 한 다른 사람들도 마찬가지였다. 해리는 이것이 슬러그혼이 겉으로 보이는 것처럼 지난 일을 잘 잊어버리는 사람이 아니며 해리에게 질문을 던질 기회를 더 이상 주지 않기로 작정했다는 뜻인지 궁금했다.

한편, 호그와트 도서관은 난생처음으로 헤르미온느를

실망시켰다. 그녀는 너무도 충격받은 나머지, 베조아르로 속임수를 썼다며 해리에게 화가 나 있다는 사실까지 잊어 버렸다.

"호크룩스에 대한 설명은 단 한 줄도 찾지 못했어!" 그녀가 말했다. "단 한 줄도! 제한구역에도 들어가 보고, 심지어 소름 끼치는 마법약을 끓이는 법을 알려 주는 가장 끔찍한 책들까지 찾아봤는데 아무것도 나오지 않았어! 내가 찾을 수 있었던 건 《극도로 사악한 마법들》이라는 책의 서문에서 찾아낸 이 말뿐이야. 잘 들어봐. '마법적 발명 중 가장 사악한 호크룩스에 관해서는 입에 담아서도, 안내를 제공해서도 아니 된다.' 아니, 이럴 거면 왜 얘기를 꺼내는 거야?" 그녀가 짜증스럽게 낡은 책을 탁 덮자 책은 유령처럼 울부짖었다. "아, 시끄러워." 그녀는 톡 쏘아붙이며 책을 다시 가방에 집어넣었다.

2월이 되자 학교 주변의 눈이 녹으면서 차갑고 을씨년스럽고 축축한 날씨가 찾아왔다. 자줏빛이 도는 회색 구름들이 성 위에 낮게 걸려 있고, 싸늘한 비가 끊임없이 내려 잔디밭을 미끄러운 진창으로 만들었다. 그 결과, 다른 과목 수업과 겹치지 않도록 토요일 아침으로 예정되었던 6학년 학생들의 첫 순간이동 수업은 교정이 아니라 대연회장에서 열리게 되었다.

해리와 헤르미온느가 대연회장에 도착해 보니(론은 라벤더와 함께 와 있었다) 식탁이 치워져 있었다. 비가 높은 창문을 두드려 댔고 마법이 걸린 천장은 머리 위에서 어둡게 소용돌이쳤다. 학생들은 각 기숙사를 담당하는 맥고나걸, 스네이프, 플리트윅, 스프라우트 교수 등과 정부에서 나온 순간이동 강사로 짐작되는 왜소한 남자 마법사 앞에 모여 섰다. 그 마법사는 투명한 속눈썹에 이상할 정도로 창백했고 머리카락은 드문드문했으며 한 줄기 바람으로도 날려 보낼 수 있을 것처럼 실체가 없는 듯한 분위기를 풍기고 있었다. 해리는 계속 사라졌다가 다시 나타나는 일이 어떤 식으로든 그의 실체를 약화시킨 것인지, 아니면 사라지길 바라는 사람에게는 이런 부서질 것 같은 몸이 이상적인 건지 궁금해졌다.

"안녕하세요." 학생들이 모두 도착하고 담임 교수들이 조용히 하라고 소리치자 정부 마법사가 말했다. "내 이름은 윌키 트와이크로스입니다. 나는 정부 순간이동 강사로, 앞으로 12주 동안 여러분을 가르칠 거예요. 그 시간 동안 여러분이 순간이동 시험에 대비하도록 도움을 줄 수 있기를 바랍니다."

"말포이, 조용히 하고 집중해라!" 맥고나걸 교수가 소리쳤다.

모두가 뒤를 돌아보았다. 말포이의 얼굴이 칙칙한 붉은색으로 물들어 있었다. 그는 잔뜩 화가 난 얼굴로, 속삭거리며 말다툼을 벌이고 있었던 듯한 크래브에게서 떨어졌다. 해리는 재빨리 스네이프를 힐끗 바라보았다. 그 역시 못마땅한 표정을 짓고 있었는데, 해리는 그것이 말포이의 무례함 때문이라기보다는 맥고나걸 교수가 자기 기숙사 학생을 꾸중했기 때문이라는 강한 의심이 들었다.

"……그때쯤이면 여러분 중 많은 수가 시험을 치를 준비가 돼 있을 거예요." 트와이크로스는 아무런 방해도 받은 적 없다는 듯 말을 이었다.

"여러분도 알겠지만 호그와트 안에서는 보통 순간이동으로 나타나거나 사라지는 게 불가능해요. 하지만 교장 선생님께서 여러분이 연습할 수 있도록 딱 한 시간 동안 오직 이 대연회장에 한해서 그 마법을 해제해 주셨어요. 이 대연회장 벽 바깥으로는 순간이동을 할 수 없다는 사실을 명심하길 바랍니다. 그건 어리석은 시도가 될 거예요. 이제 모두 앞에 1.5미터 정도 공간을 두고 서도록 하세요."

학생들이 흩어져서 서로 부딪치고 다른 사람들한테 자

기 자리에서 비키라고 소리 지르는 등 한바탕 밀치락달치락하는 상황이 벌어졌다. 담임 교수들은 학생들 사이를 돌아다니며 그들을 줄 세우고 말싸움을 막았다.

"해리, 너 어디 가?" 헤르미온느가 물었다.

하지만 해리는 대답하지 않았다. 그는 재빨리 학생 무리를 헤치고 나아갔다. 플리트윅 교수가 서로 앞에 서고 싶어 하는 몇몇 래번클로 학생에게 자리를 정해 주면서 꽥꽥거리는 곳을 지나고 후플푸프 학생들을 재촉해 줄 세우던 스프라우트 교수를 지난 끝에 그는 어니 맥밀런 옆을 피해 간신히 맨 뒤쪽, 말포이 바로 뒤에 자리를 잡을 수 있었다. 말포이는 해리와 1.5미터쯤 떨어진 곳에 서서 한바탕 소동이 일어난 틈을 타 불만 어린 표정을 짓고 있는 크래브와 말싸움을 이어 가고 있었다.

"얼마나 더 길어질지 모르겠다고. 알았어?" 말포이는 해리가 바로 뒤에 서 있는 것을 모른 채 크래브에게 쏘아붙였다. "생각보다 오래 걸린단 말이야."

크래브가 입을 열었지만 말포이는 그가 무슨 말을 할지 짐작한 듯했다.

"야, 내가 무슨 일을 하든 그건 네가 알 바 아냐, 크래브. 너랑 고일은 그냥 시키는 대로 망이나 봐!"

"나 같으면 망을 봐 주길 바라는 친구들한테 내가 무슨 일을 꾸미는지 말해 주겠다." 해리가 말포이에게만 간신히 들릴 정도의 목소리로 말했다.

말포이가 그 자리에서 홱 돌아섰다. 그의 손이 마법 지팡이 쪽으로 뻗어 갔지만 바로 그때 네 명의 기숙사 담임 교수가 "조용!" 하고 소리쳤고 대연회장은 다시 조용해졌다. 말포이는 천천히 돌아서서 정면을 바라보았다.

"고맙습니다." 트와이크로스가 말했다. "그럼, 이제……."

그가 마법 지팡이를 휘둘렀다. 곧바로 학생들 앞에 나무로 만든 구식 고리가 나타났다.

"순간이동을 할 때 기억해야 할 중요한 것은 3D예요. '목적지(Destination), 확신(Determination), 신중함(Deliberation)'! 1단계는 가고자 하는 목적지에 정신을 단단히 고정시키는 거예요." 트와이크로스가 말했다. "지금은 여러분 앞에 있는 고리 안이 되겠죠. 지금은 부디 그 목적지에 집중해 주길 바랍니다."

모두들 다른 사람도 고리를 들여다보고 있는지 확인하느라 주위를 슬쩍 둘러본 다음 다급히 시키는 대로 했다. 해리는 동그란 고리 안의 먼지투성이 바닥을 뚫어지게 바라보며 다른 것은 생각하지 않으려고 애썼다. 하지만 불가능했다. 말포이가 도대체 무슨 일을 꾸미고 있길래 망을 볼 사람이 필요한 건지 궁금증이 밀려왔던 것이다.

"2단계." 트와이크로스가 말했다. "여러분의 확신이 마음속에 그리고 있는 그 공간을 차지하도록 집중하는 거죠! 그곳에 들어가고 싶다는 열망이 여러분의 정신에서 흘러넘쳐 온몸의 세포 하나하나에 파고들도록 하세요!"

해리는 주위를 슬쩍 둘러보았다. 왼쪽으로 조금 떨어진 곳에서는 어니 맥밀런이 고리를 너무 열심히 응시하느라 얼굴이 벌게져 있었다. 마치 쿼플만 한 알을 낳으려고 힘을 주는 것처럼 보였다. 해리는 웃음을 삼키고 얼른 자신의 고리로 시선을 돌렸다.

"3단계입니다." 트와이크로스가 소리쳤다. "내가 지시하면…… 제자리에서 빙글 돌고, 아무것도 없는 공간 속으로 들어가는 길을 느끼면서 *신중하게* 움직이는 겁니다! 자, 내 지시대로…… 하나……."

해리는 다시 주위를 힐끗 돌아보았다. 이토록 빨리 순간이동을 하라고 할 줄은 몰랐는지 대부분 상당히 놀란 표정을 짓고 있었다.

"둘……."

해리는 고리에 다시 정신을 집중하려 애썼다. 그는 이미

3D가 뭔지도 잊어버렸다.

"······셋!"

해리는 제자리에서 빙글 돌다가 균형을 잃고 하마터면 넘어질 뻔했다. 해리만 그런 게 아니었다. 대연회장 전체가 갑자기 비틀거리는 학생들로 가득해졌다. 네빌은 바닥에 대자로 누워 있었다. 한편 어니 맥밀런은 발레를 하듯 발끝으로 빙글 돌면서 고리로 뛰어들고 잠깐 짜릿한 표정을 짓다가, 그런 그를 보고 웃음을 터뜨리는 딘 토머스와 눈이 마주쳤다.

"괜찮아요, 괜찮아요." 트와이크로스가 대수롭지 않다는 듯 말했다. 이보다 더 나을 거라고는 애초에 기대도 안 했던 것 같았다. "고리를 정돈하고 원래 자리로 돌아가세요."

두 번째 시도도 첫 번째보다 나을 게 없었다. 세 번째도 마찬가지였다. 네 번째 시도 때까지 흥미로운 일 같은 건 하나도 벌어지지 않았다. 그때 고통에 겨운 끔찍한 비명 소리가 터져 나왔고 모두가 겁에 질려 뒤를 돌아보았다. 후플푸프의 수전 본즈가 출발 지점인 1.5미터 떨어진 곳에 왼쪽다리가 아직 남아 있는 상태로 고리 안에서 비틀거리고 있었다.

기숙사 담임 교수들이 그녀에게 몰려갔다. 엄청난 폭음

이 터지고 자주색 연기가 뻐끔 피어오르다가 사라지면서 흐느끼고 있는 수전의 모습이 나타났다. 그녀는 다리를 되찾았지만 무척 겁에 질린 것 같았다.

"분할이라고 해요. 신체 일부가 분리되는 현상이죠." 윌키 트와이크로스가 아무런 감정의 동요도 보이지 않고 말했다. "정신에 확신이 충분히 집중되지 않을 때 벌어지는 일이에요. 목적지에 끊임없이 집중하면서, 서두르지 말고 신중하게 움직여야 해요……. 이렇게."

트와이크로스는 앞으로 몇 걸음 나서더니 양팔을 벌리고 제자리에서 우아하게 돌다가 휘날리는 로브 속에서 사라진 뒤 대연회장 뒤쪽에 다시 나타났다.

"3D를 기억하세요." 그가 말했다. "다시 해 보죠……. 하나, 둘, 셋."

하지만 한 시간이 지나도 수전의 분할보다 재미있는 일은 일어나지 않았다. 트와이크로스는 낙담한 것처럼 보이지 않았다. 그는 단지 망토 목깃을 조이며 이렇게 말했다. "다들 다음 주 토요일에 만납시다. 그리고 잊지 마세요. 목적지. 확신. 신중함."

그 말을 끝으로 그는 마법 지팡이를 휘둘러 고리들을 사라지게 만든 다음, 맥고나걸 교수와 함께 대연회장을 걸어

나갔다. 곧바로 현관홀로 향하는 학생들의 말소리가 터져 나왔다.

"넌 어땠어?" 론이 황급히 해리에게 다가오며 물었다. "마지막으로 시도했을 때는 뭔가 느껴졌던 것 같아. 발이 약간 얼얼했어."

"내 생각엔 운동화가 너무 작아서 그런 것 같은데, 로-온." 뒤에서 웬 목소리가 들리더니 헤르미온느가 피식 웃으며 성큼성큼 걸어갔다.

"난 아무것도 못 느꼈어." 해리가 말이 끊기지 않은 척하며 말했다. "하지만 지금은 거기에 관심 없어."

"무슨 말이야, 관심이 없다니. 순간이동 배우고 싶지 않아?" 론이 믿을 수 없다는 듯 물었다.

"사실 그렇게 안달할 정도는 아니야. 난 비행이 더 좋거든." 해리는 어깨 너머로 말포이가 있는 곳을 계속 힐끔거리다가 현관홀로 나오자 걸음 속도를 높였다. "저기, 서두르지 않을래? 하고 싶은 일이 좀 있어서……."

론은 어리둥절한 채 해리를 따라 그리핀도르 탑을 향해 뛰었다. 피브스가 5층 문을 꽉 닫아 놓고 자기 바지에 불을 붙이지 않으면 누구도 지나가지 못하게 하겠다는 바람에 잠깐 지체되기도 했지만, 해리와 론은 그냥 발길을 돌려 믿고 쓰는 지름길 하나를 골랐다. 5분도 안 되어 그들은 초상화 구멍을 지나고 있었다.

"그럼 우리가 지금 뭘 하는 건지 말 좀 해 줄래?" 론이 살짝 헐떡이며 물었다.

"올라가서." 해리는 그렇게 말하고 휴게실을 가로질러 남학생 기숙사 계단으로 가는 문으로 론을 이끌었다.

침실은 해리의 기대대로 비어 있었다. 그는 짐 가방을 열고 안을 뒤지기 시작했다. 론은 조바심이 나는 듯 그를 지켜보았다.

"해리……."

"말포이가 크래브랑 고일에게 망을 보게 하고 있어. 방금 크래브랑 말다툼하는 걸 들었거든. 내가 알고 싶은 건…… 아하."

그는 원하는 것을 찾았다. 겉으로는 텅 빈 것처럼 보이는, 네모나게 접은 양피지였다. 그는 그 양피지를 펼치고 마법 지팡이 끝으로 두드렸다.

"나는 못된 짓을 꾸미고 있음을 엄숙히 맹세합니다……. 뭐, 말포이는 그러고 있겠지."

곧바로 양피지 위에 도둑 지도가 나타났다. 성의 각 층 하나하나의 상세한 평면도가 그려져 있고, 성에 사는 사람들을 나타내는 이름표가 붙은 조그만 검은색 점들이 그 위를 돌아다니고 있었다.

"말포이 찾는 것 좀 도와줘." 해리가 다급히 말했다.

그는 침대에 지도를 내려놓고 론과 함께 그 위로 몸을 기울인 채 말포이를 찾았다.

"*저깄다!*" 1분쯤 지나고 론이 소리쳤다. "슬리데린 휴게실에 있어. 봐……. 파킨슨이랑 자비니랑 크래브랑 고일……."

해리는 실망하며 지도를 내려다보다가 곧바로 기운을 차렸다.

"뭐, 이제부터는 계속 이 녀석을 지켜볼 거야." 그가 단호하게 말했다. "그리고 크래브랑 고일에게 망을 보게 해놓고 어딜 몰래 돌아다니는 걸 보는 즉시, 늘 그랬던 것처럼 투명 망토를 쓰고 가서 걔가 뭘 하는지 알아볼……."

네빌이 뭔가 탄 냄새를 강하게 풍기며 침실로 들어오자 해리는 말을 멈췄다. 네빌은 새 바지를 찾아 짐 가방을 뒤지기 시작했다.

말포이를 잡겠다고 결심했음에도 이후 몇 주 동안은 운이 전혀 따라 주지 않았다. 수업 사이사이 쓸데없이 화장실을 들락거리며 할 수 있는 한 자주 지도를 들여다봤지만 말포이가 의심스러운 곳에 있는 것은 단 한 번도 보지 못했다. 크래브와 고일이 평소보다 더 자주 자기들끼리 성을 돌아다니고 가끔은 텅 빈 복도에 가만히 서 있는 것을 보긴 했지만 이럴 때는 말포이가 그들 근처에 없었을 뿐만 아니라 아예 지도에서도 찾을 수 없었다. 정말 이상한 일이었다. 해리는 말포이가 실제로 교정 밖으로 나갔을 가능성도 한번 생각해 봤지만 성내에 아주 높은 수준의 보안 조치가 이루어지고 있는 지금 어떻게 그게 가능한지는 통 알 수가 없었다. 지도에 찍힌 수백 개의 작디작은 검은 점 사이에서 말포이를 놓치고 있다고 추측할 뿐이었다. 꼭 붙어 다니던 말포이, 크래브와 고일이 각자 따로따로 다니는 듯 보이는 것도 이상하긴 했지만, 한편으로는 나이를 한 살 한 살 먹으면 이런 일들이 벌어지기 마련이라는 생각도 들었다. 론과 헤르미온느가 그 살아 있는 증거라고, 해리는 울적하게 생각했다.

비가 오는 것만큼 바람도 불기 시작한 것을 빼면 날씨는 딱히 바뀌지 않고 2월에서 3월이 되었다. 기숙사 휴게실 전체에 모두의 분노를 일으키는 공고문이 나붙었다. 다음 번 호그스미드 방문이 취소되었다는 내용이었다. 론은 길길이 뛰었다.

"그날이 내 생일인데!" 그가 말했다. "목 빠지게 기다리고 있었단 말이야!"

"근데 그렇게 놀랄 일은 아니잖아?" 해리가 말했다. "케이티한테 그런 일이 있었는데."

그녀는 아직도 세인트 멍고에서 돌아오지 않았다. 그보다 더 걱정스러운 일은 《예언자일보》에 호그와트 학생들의 몇몇 친척을 포함한 사람들의 실종 사건이 추가로 실린 것이었다.

"하지만 이제 내가 기대할 만한 건 그 멍청한 순간이동뿐이라고!" 론이 툴툴거렸다. "거 참 대단한 생일 선물이네……."

수업을 세 번이나 했는데도 순간이동은 여전히 어려웠다. 몇몇 학생이 몸 일부를 분리하는 데 성공했을 뿐이다. 좌절감만 높아졌고, 윌키 트와이크로스와 그가 내세우는 3D를 향한 악감정도 커져서 그를 부르는 수많은 별명이 생겨났다. 그중 그나마 예의를 갖춘 별명이 '개 입 냄새(Dog-breath)'와 '똥 대가리(Dung-head)'였다.

"생일 축하해, 론." 3월 1일, 셰이머스와 딘이 아침을 먹으러 가면서 시끄럽게 떠드는 바람에 잠에서 깬 해리가 말했다. "선물 받아라."

그는 론의 침대로 선물 꾸러미를 던졌다. 꾸러미는 한밤 중에 집요정들이 배달했을 게 분명한 작은 선물 더미에 섞 였다.

"감사." 론이 잠에 겨운 목소리로 말했다. 그가 포장지를 뜯는 동안 해리는 침대에서 나와, 한 번 쓰고 난 다음에는 항상 숨겨 놓는 도둑 지도를 찾아 짐 가방을 뒤지기 시작 했다. 그는 가방 속 물건 절반을 끄집어낸 다음에야 행운 의 마법약인 펠릭스 펠리시스 병을 숨겨 놓은 양말 밑에서 도둑 지도를 발견했다.

"좋아." 그는 지도를 침대로 가지고 돌아와 가만히 두드 리며 중얼거렸다. "나는 못된 짓을 꾸미고 있음을 엄숙히 맹세합니다." 마침 그의 침대 발치를 지나던 네빌이 못 듣 게 할 작정이었다.

"이거 좋은데, 해리!" 론이 해리가 선물한 퀴디치 파수꾼 장갑을 흔들며 기쁜 듯 소리쳤다.

"별말씀을." 해리가 멍하니 말했다. 그는 말포이를 찾아 슬리데린 침실을 자세히 살폈다. "야…… 말포이가 침대에 없는 것 같아."

론은 대꾸하지 않았다. 그는 이따금씩 환호성을 지르며 선물 포장을 뜯느라 너무 바빴다.

"진짜 올해는 끝내주는걸!" 그가 가장자리에 이상한 기호들이 새겨져 있고 시곗바늘 대신 아주 작은 별들이 움직이고 있는 묵직한 황금 시계를 들어 올리며 말했다. "엄마 아빠가 뭘 보내 줬는지 봤어? 와, 내년이면 나도 성인이 되니까……."

"멋지네." 해리는 시계에 눈길을 한 번 주고 지도를 더욱 가까이에서 들여다보며 중얼거렸다. 말포이는 어디에 있을까? 대연회장 안 슬리데린 식탁에 앉아 아침을 먹고 있는 것 같지는 않고…… 본인 연구실에 앉아 있는 스네이프 근처에도 없고…… 그렇다고 화장실이나 병동에 있는 것도 아니고…….

"하나 줄까?" 론이 입안 가득 초콜릿을 물고 솥단지 초콜릿 상자를 내밀며 물었다.

"아냐, 됐어." 해리가 고개를 들며 말했다. "말포이가 또 사라졌어!"

"그럴 리가." 론이 옷을 입으려고 침대에서 내려와 두 개째 솥단지 초콜릿을 입에 밀어 넣으면서 말했다. "가자, 서두르지 않으면 빈속으로 순간이동을 해야 할 거야. 뭐, 그게 더 쉬울지도 모르겠다."

론은 생각에 잠긴 채 솥단지 초콜릿 상자를 지그시 바라보더니 어깨를 으쓱하고 또다시 초콜릿을 집어 먹었다.

해리는 마법 지팡이로 지도를 두드리고 실제로는 성공하지 못했지만 "장난 성공"이라고 말한 뒤 열심히 머리를 굴리면서 옷을 갈아입었다. 말포이가 이따금 사라지는 이유가 분명 있을 테지만 도저히 짐작이 가지 않았다. 그걸 알아내는 가장 좋은 방법은 말포이를 미행하는 것이겠지만 투명 망토를 쓴다 해도 그것은 현실적이지 않은 생각이었다. 수업에, 퀴디치 연습에, 숙제와 순간이동 수업까지 있었기 때문에, 그가 자리를 비운 것을 들키지 않고 온종일 말포이를 쫓아다니는 것은 불가능했다.

"준비됐어?" 그가 론에게 물었다.

침실 문을 향해 반쯤 걸어갔을 때 해리는 론이 꼼짝도 하지 않고 있다는 사실을 깨달았다. 론은 다만 침대 기둥에 기대서서 초점 없는 멍한 얼굴로 빗물에 씻긴 창밖을 내다보고 있었다.

"론? 아침 먹어야지."

"배 안 고파."

해리가 그를 빤히 쳐다보았다.

"방금 배고프다고……."

"뭐, 그래. 같이 내려가자." 론이 한숨을 쉬었다. "하지만 뭘 먹고 싶지는 않아.”

해리는 의심스러운 눈으로 그를 자세히 살펴보았다.

“방금 솥단지 초콜릿을 반 상자나 먹어 치웠지?”

“그래서가 아냐.” 론이 다시 한숨을 쉬었다. “너…… 넌
이해 못 할 거야.”

“됐어, 그럼.” 해리는 어리둥절하면서도 돌아서서 문을
열며 말했다.

“해리!” 론이 갑자기 그를 불렀다.

“왜?”

“해리, 못 견디겠어!”

“뭘 못 견뎌?” 해리가 물었다. 이제는 확실히 걱정스러운
마음이 들기 시작했다. 론은 약간 창백했고 금방이라도 토
할 것처럼 보였다.

“걔 생각을 멈출 수가 없어!” 론이 쉰 목소리로 말했다.

해리는 입을 쩍 벌리고 그를 쳐다보았다. 이런 말은 예
상하지도 못했고, 이런 말을 듣고 싶은지도 확신할 수 없
었다. 아무리 친구라도 론이 라벤더를 ‘라브라브’라고 부르
기 시작한다면 해리는 단호한 태도를 취해야 할 것이었다.

“그렇다고 왜 아침을 못 먹겠다는 거야?” 해리는 이 상황
에 조금이나마 상식을 주입하려고 애쓰며 그렇게 물었다.

"걔는 내가 존재한다는 것조차 모르는 것 같아." 론이 절망적인 몸짓을 하며 말했다.

"네가 존재한다는 거야 확실히 알지." 해리는 당황해서 말했다. "계속 너한테 키스하잖아?"

론이 눈을 깜빡였다.

"누구 얘기야?"

"너는 누구 얘기 하는 건데?" 이성적인 대화가 점점 불가능해지는 것을 느끼며 해리가 물었다.

"로밀다 베인." 론이 조용히 말했다. 마치 불순물 하나 섞이지 않은 햇살을 받는 듯, 그 말을 하는 론의 얼굴이 환하게 빛나는 것처럼 보였다.

그들은 1분 가까이 서로를 바라보았다. 마침내 해리가 입을 열었다. "장난이지? 장난일 거야."

"내 생각엔…… 해리, 나 그 애를 사랑하는 것 같아." 론이 목이 메는 듯한 목소리로 말했다.

"그래." 해리는 흐리멍덩한 론의 눈과 창백한 얼굴을 더 잘 보기 위해 그에게 다가갔다. "그래…… 웃지 말고 다시 말해 봐."

"난 그 애를 사랑해." 론은 숨이 찬 듯 다시 말했다. "걔 머리카락 봤지? 아주 까맣고 반짝이고 부드러워……. 눈은 또 어떻고? 그 크고 검은 눈은? 게다가……."

"이거 진짜 웃기고 다 좋은데" 하고, 해리가 못 참겠다는 듯 말했다. "장난은 그만하자. 알았지? 그만둬."

해리는 방을 나가려고 돌아섰다. 퍽 하고 뭔가가 오른쪽 귀를 세게 때렸을 때 그는 문으로 두 걸음을 걸어간 참이었다. 해리는 비틀거리며 돌아섰다. 론이 주먹을 뒤로 당긴 채 얼굴을 분노로 일그러뜨리고 있었다. 다시 주먹을 날릴 기세였다.

해리는 본능적으로 반응했다. 그는 주머니에서 마법 지팡이를 꺼내 들고, 자기도 모르게 머릿속에 불쑥 떠오른 주문을 외쳤다. "레비코르푸스!"

다시 한 번 발목이 붙들려 위로 올라가자 론이 소리를 질렀다. 그는 로브를 늘어뜨리며 무력하게 공중에 거꾸로 매달렸다.

"대체 왜 이래?" 해리가 고함을 질렀다.

"네가 걔를 모욕했잖아, 해리! 내 말을 장난이라고 했잖아!" 론이 바락바락 소리쳤다. 피가 머리로 쏠리면서 그의 얼굴이 점점 퍼렇게 질려 갔다.

"미쳤어?" 해리가 말했다. "대체 무슨……?"

그때, 그는 론의 침대에 펼쳐져 있는 상자를 봤다. 순간,

돌진하는 트롤처럼 어떤 깨달음이 그를 덮쳤다.

"이 솥단지 초콜릿 어디서 났어?"

"생일 선물이었어!" 론은 풀려나려고 발버둥 치느라 공중에서 천천히 빙빙 돌면서 외쳤다. "너한테도 하나 먹으라고 했잖아!"

"그냥 바닥에 있는 걸 집은 거지?"

"내 침대에서 떨어진 거야. 됐냐? 날 놔 줘!"

"네 침대에서 떨어진 게 아니야, 이 멍청아. 이해 못 하겠어? 그건 내 초콜릿이었어. 내가 지도를 찾다가 짐 가방에서 꺼내서 던진 거야. 크리스마스 전에 로밀다가 나한테 준 건데 거기에 사랑의 묘약이 들어 있었던 거라고!"

하지만 론에게는 해리가 한 말 중에서 오직 한 단어만 들린 듯했다.

"로밀다?" 그가 되풀이했다. "로밀다라고 했어? 해리, 너 걔 알아? 나 좀 소개시켜 줄 수 있어?"

해리는 매달려 있는 론을 빤히 바라보았다. 이제 론의 얼굴은 엄청난 기대감에 차 있었다. 해리는 웃고 싶은 마음을 간신히 억눌렀다. 한편으로는, 특히 아직도 욱신거리는 오른쪽 귀를 생각하면, 론을 내려 주고 마법약의 효력이 다할 때까지 그가 멋대로 날뛰는 모습을 구경하고 싶은 마음도 있었다……. 하지만 그들은 친구였고 그를 공격할 때의 론은 제정신이 아니었으므로, 해리는 론이 저대로 로밀다 베인에 대한 영원한 사랑을 선포하도록 내버려 둔다면 한 대 더 맞아도 싸다는 생각이 들었다.

"그래, 소개해 줄게." 해리가 재빨리 머리를 굴리며 말했다. "이제 내려 줄게. 알았지?"

그는 론을 바닥에 쿵 떨어뜨렸다(귀가 꽤 아팠기 때문이다). 하지만 론은 활짝 웃으며 벌떡 일어날 뿐이었다.

"걘 슬러그혼 연구실에 있어." 해리는 론을 문으로 이끌며 자신감 있게 말했다.

"왜 거기에 있지?" 론이 허겁지겁 따라오며 불안한 듯 물었다.

"아, 마법약 보충수업을 듣는대." 해리는 아무렇게나 지어냈다.

"나도 같이 들어도 되냐고 물어볼까?" 론이 열의에 차서 말했다.

"좋은 생각이다." 해리가 말했다.

라벤더가 초상화 구멍 옆에서 기다리고 있었다. 미처 예상하지 못한 상황이었다.

"왜 이렇게 늦었어, 로-온!" 그녀가 입을 삐죽거렸다.

"내가 생일……."

"저리 비켜." 론이 조바심을 내며 말했다. "해리가 날 로밀다 베인한테 소개해 주기로 했단 말이야."

론은 그 말만 남긴 채 초상화 구멍을 나갔다. 해리는 라벤더에게 미안한 얼굴을 하려고 했지만, 등 뒤에서 뚱뚱한 귀부인이 휙 닫힐 때 라벤더가 어느 때보다도 모욕감을 느끼는 표정이었던 것을 보면 그냥 재미있어하는 얼굴이 되고 만 모양이었다.

해리는 슬러그혼이 아침 식사를 하러 갔으면 어떡하나 살짝 걱정했지만 문을 두드리자마자 곧바로 대답이 들려왔다. 슬러그혼은 녹색 벨벳 잠옷과 같은 색깔의 취침용 모자를 쓴 채 눈을 약간 게슴츠레하게 뜬 모습이었다.

"해리." 그가 웅얼거렸다. "찾아오기엔 아주 이른 시간이구나. 토요일엔 보통 늦잠을 자거든……."

"교수님, 주무시는데 정말 죄송합니다." 론이 까치발로 서서 슬러그혼 너머로 그의 연구실을 들여다보는 가운데 해리는 되도록 조용히 말했다. "제 친구 론이 실수로 사랑의 묘약을 먹었거든요. 해독제를 만들어 주실 수 있을까요? 폼프리 선생님한테 데려가야 하지만 위즐리 형제의 위대하고 위험한 장난감 물건은 아무것도 쓰면 안 되거든요……. 추궁을 당할 수도 있고…….."

"네가 직접 치료제를 만들어 낼 수 있지 않니, 해리. 너처럼 뛰어난 마법약 제조가라면 말이야." 슬러그혼이 물었다.

"어……." 론이 급기야 억지로 연구실 안으로 밀고 들어가려고 팔꿈치로 옆구리를 찔러 대는 통에 해리는 주의가 약간 흐트러져서 말했다. "사랑의 묘약 해독제는 한 번도 혼합해 본 적이 없어서요, 교수님. 제가 제대로 만들었을 때쯤에는 론이 무슨 심각한 짓을 저질렀을지 몰라서……."

때마침 론이 신음하면서 그의 말을 거들었다. "그 애가 안 보여, 해리. 이 사람이 숨겨 놓고 있는 거야?"

"마법약 유통기한이 지난 건 아니지?" 슬러그혼은 이제 직업적인 관심을 갖고 론을 살펴보고 있었다. "오래될수록 약효가 강해질 수 있어서 말이다."

"많은 게 설명되네요." 해리가 숨을 헐떡였다. 그는 이제 론이 슬러그혼을 때려눕히지 못하도록 거의 몸싸움을 하고 있었다. "오늘이 론의 생일이거든요, 교수님." 그가 애원하듯 덧붙였다.

"아, 그래. 그럼 들어오너라. 어서 들어와." 슬러그혼이 마침내 태도를 누그러뜨렸다. "여기 내 가방에 필요한 게 들어 있다. 어려운 해독제도 아니고 말이야……."

　론은 후텁지근하고 혼잡한 슬러그혼의 연구실 문을 박차고 들어가다가 술 달린 발받침에 걸려 넘어질 뻔했지만 해리의 목을 잡아 균형을 되찾고 웅얼거렸다. "로밀다는 내가 넘어질 뻔한 거 못 봤겠지?"

　"아직 안 왔어." 해리는 슬러그혼이 마법약 재료 상자를 열어 작은 크리스털 병에 몇 가지 재료를 이것저것 한 줌씩 넣는 모습을 지켜보았다.

　"다행이다." 론이 열에 들뜬 어조로 말했다. "나 어때 보여?"

　"아주 잘생겼다." 슬러그혼이 맑은 액체가 담긴 잔을 론에게 건네며 부드럽게 말했다. "이제 그걸 마시거라. 그 애가 도착했을 때 침착한 태도를 유지할 수 있도록 용기를 북돋는 마법약이란다."

　"끝내주네요." 론은 흥분해서 말하더니 요란한 소리를 내며 해독제를 꿀꺽꿀꺽 들이켰다.

　해리와 슬러그혼은 그런 그를 지켜보았다. 론은 잠깐 활짝 웃는 얼굴로 그들을 바라보았다. 잠시 후, 그 미소가 아주 천천히 희미해지다가 사라지더니 한껏 겁먹은 표정이 그 자리를 대신했다.

　"그럼, 정상으로 돌아온 거지?" 해리가 씩 웃으며 말하자 슬러그혼이 킬킬 웃었다. "고맙습니다, 교수님."

"그럴 거 없다, 우리 해리. 그럴 거 없어." 슬러그혼이 말했다. 론은 큰 충격에 휩싸인 얼굴로 근처 안락의자에 털썩 주저앉았다. "기운을 북돋는 게 필요할 게야." 슬러그혼이 마실 것으로 가득한 탁자를 향해 부산스럽게 걸어가면서 말을 이었다. "버터맥주도 있고 와인도 있단다. 오크나무 술통에서 숙성시킨 이 벌꿀술도 한 병 남아 있고…… 흠…… 덤블도어에게 크리스마스 선물로 주려고 했던 건데…… 아, 뭐……." 그는 어깨를 으쓱했다. "……아무리 덤블도어라도 한 번도 마셔 본 적 없는 걸 그리워할 수는 없겠지! 지금 이걸 따서 위즐리 군의 생일을 축하해 주면 어떨까? 실연의 고통을 몰아내는 데 좋은 술만 한 게 또 없지."

그는 다시 키득거렸고 해리도 거기에 동참했다. 슬러그혼한테서 진짜 기억을 끌어내려던 첫 시도가 참담한 실패로 끝난 이후 그와 이렇게 마주하는 건 이번이 처음이었다. 아마도 슬러그혼의 좋은 기분이 쭉 이어지게 만들 수 있다면…… 오크나무 술통에서 숙성시킨 벌꿀술을 잔뜩 마시면…….

"자, 여기 있다." 슬러그혼이 해리와 론에게 벌꿀술 한 잔씩을 건네며 말하더니 자기 술잔을 들어 올렸다. "자, 생일 축하한다, 랠프…….”

“……론이에요.” 해리가 속삭였다.

하지만 론은 건배사를 듣지 못한 듯 이미 벌꿀술을 입에 털어 넣고 삼킨 뒤였다.

찰나의 순간, 심장이 한 번 뛰기도 전에 해리는 뭔가가 끔찍하게 잘못되었다는 것을 알았다. 슬러그혼은 알아채지 못한 것 같았다.

“……그리고 행운을 빌어 주마. 네가 더 많은…….”

“론!”

론은 잔을 떨어뜨리더니 의자에서 몸을 일으키다 말고 쓰러졌다. 그의 팔다리가 걷잡을 수 없이 경련했다. 입에서는 거품이 흘러나왔고 두 눈은 튀어나올 듯했다.

“교수님!” 해리가 소리쳤다. “어떻게 좀 해 보세요!”

하지만 슬러그혼은 충격에 온몸이 얼어붙은 듯했다. 론이 부들부들 떨면서 숨 막히는 소리를 냈다. 피부는 파랗게 질리고 있었다.

“도대체…… 무슨…….” 슬러그혼이 말을 더듬었다.

해리는 낮은 탁자를 뛰어넘어 열려 있는 슬러그혼의 마법약 재료 상자로 쏜살같이 달려가 유리병과 자루 들을 끄집어냈다. 그르렁거리는 론의 끔찍한 숨소리가 방을 가득 채웠다. 그때 해리는 그것을 발견했다. 슬러그혼이 마법약 시간에 그에게서 받아 간, 쪼그라든 콩팥처럼 생긴 돌.

그는 론에게로 다시 달려가 그의 입을 억지로 벌리고 베조아르를 쑤셔 넣었다. 론은 부들부들 떨면서 거친 숨을 한 번 내쉬더니 다음 순간 축 늘어진 채 잠잠해졌다.

19장

뒤를 밟는 집요정

"그러니까, 대체로 론에게는 즐거운 생일이 아니었겠네?" 프레드가 말했다.

저녁이 되었다. 병동은 조용했고 창문에는 커튼이 달려 있었으며 등불이 밝혀져 있었다. 론의 침대만 빼면 모두 빈 침대였다. 해리, 헤르미온느, 지니가 론 주위에 둘러앉아 있었다. 그들은 누가 들어가거나 나갈 때마다 안을 들여다보려고 애쓰며 병동의 양쪽 여닫이문 앞에서 하루 종일 기다렸다. 폼프리 선생은 저녁 8시가 되어서야 그들을 들여보내 주었다. 프레드와 조지는 8시 10분에 도착했다.

"우리 선물을 이런 식으로 전해 주게 될 줄은 상상도 못했다." 조지가 론의 침대 옆 탁자에 포장지로 싼 커다란 선물을 내려놓고 지니 옆에 앉으며 침울하게 말했다.

"그래, 우리는 멀쩡한 론한테 선물 주는 장면을 상상했어." 프레드가 말했다.

"얠 놀라게 해 주려고 호그스미드에서 기다리고 있었는데……." 조지가 말을 받았다.

"오빠들 호그스미드에 있었어?" 지니가 고개를 들며 물었다.

"종코네 가게를 인수할까 생각 중이거든." 프레드가 우울하게 말을 이었다. "호그스미드 지점을 내려고 말이야. 하지만 너희가 주말에 우리 물건을 사러 올 수 없다면 무슨 소용이겠어? 아무튼 지금 그런 건 신경 쓰지 마."

그는 해리 옆으로 의자를 끌어와 론의 창백한 얼굴을 바라보았다.

"정확히 어떻게 된 일이야, 해리?"

해리는 덤블도어와 맥고나걸, 폼프리 선생, 헤르미온느와 지니에게 이미 백번 정도 말한 것처럼 느껴지는 이야기를 되풀이했다.

"……그다음에 내가 베조아르를 목구멍에 밀어 넣으니까 론의 호흡이 조금 편안해졌어. 슬러그혼 교수님이 도움을 청하러 달려갔고 맥고나걸 교수님이랑 폼프리 선생님이 나타나서 론을 여기로 데리고 왔어. 두 분 말로는 괜찮을 거래. 폼프리 선생님은 론이 1주일 정도 여기에 있어야 할 거랬어……. 운향풀 진액을 계속 먹고 있는데…….”

“제기랄, 네가 베조아르를 생각해 낸 게 천만다행이다.” 조지가 나직이 말했다.

“그 방에 하나 있었던 게 다행이었지.” 해리가 말했다. 그 작은 돌을 찾을 수 없었다면 어떤 일이 벌어졌을지 생각할 때마다 오싹했다.

헤르미온느는 거의 들리지 않을 정도로 훌쩍거렸다. 그녀는 오늘따라 온종일 이상할 정도로 조용했다. 그녀는 하얗게 질린 얼굴로 병동 앞의 해리에게 허겁지겁 뛰어와 무슨 일이 벌어졌는지 묻더니, 론이 어쩌다 독을 먹게 됐는지에 관한 해리와 지니의 집요한 대화에는 끼어들 생각도 않고, 면회 허락이 떨어질 때까지 입을 꾹 다문 채 겁먹은 표정으로 그들 옆에 서 있기만 했다.

“엄마 아빠는 아셔?” 프레드가 지니에게 물었다.

“이미 한 시간 전에 도착해서 보고 가셨어. 지금은 덤블도어 교수님 연구실에 계시지만 곧 돌아오실 거야.”

모두가 자면서 뭐라고 중얼거리는 론을 지켜보는 사이 잠깐 침묵이 흘렀다.

"그러면 그 술에 독이 들어 있었던 거야?" 프레드가 조용히 물었다.

"응." 해리가 곧바로 대답했다. 다른 건 전혀 생각할 수 없었다. 그는 이 문제를 다시 의논할 기회가 생겨서 반가웠다. "슬러그혼 교수님이 따라 줬는데……."

"네가 안 보는 사이에 슬러그혼이 론의 잔에 뭔가를 슬쩍 넣은 건 아닐까?"

"그럴 수도 있지." 해리가 말했다. "하지만 슬러그혼 교수님이 왜 론한테 독을 먹이고 싶어 하겠어?"

"그거야 모르지." 프레드가 이마를 찌푸리며 말했다. "실수로 잔을 헷갈렸을 수도 있다는 생각 안 들어? 너를 노렸던 거지."

"슬러그혼이 왜 해리한테 독을 먹이고 싶어 하는데?" 지니가 물었다.

"그건 몰라." 프레드가 말했다. "하지만 해리한테 독을 먹이고 싶어 하는 사람은 엄청 많지 않겠어? '선택받은 자'니 뭐니."

"그러니까 슬러그혼이 죽음을 먹는 자라는 거야?" 지니가 물었다.

"뭐든 가능해." 프레드가 험악하게 말했다.

"임페리우스 저주에 걸려 있었을지도 몰라." 조지가 말했다.

"아니면 결백할지도 모르고." 지니가 말했다. "술병에 독이 들어 있었을 수도 있잖아. 그 경우에는 아마 다름 아닌 슬러그혼을 노린 거였을 테지."

"누가 슬러그혼을 죽이고 싶어 하는데?"

"덤블도어 교수님은 볼드모트가 아마 슬러그혼 교수님이 자기편에 가담해 주기를 바랐을 거라고 하셨어." 해리가 말했다. "슬러그혼 교수님은 호그와트로 오기 전에 1년 동안 숨어 지냈고……." 그는 덤블도어가 슬러그혼에게서 빼내지 못한 기억을 떠올렸다. "그리고 어쩌면 볼드모트는 슬러그혼 교수님을 제거하고 싶어 하는지도 몰라. 슬러그혼 교수님이 덤블도어 교수님한테 도움이 될 수도 있으니까."

"하지만 넌 슬러그혼이 그 술을 덤블도어 교수님한테 크리스마스 선물로 줄 계획이었다고 했잖아." 지니가 상기시켜 주었다. "그러니까 독을 넣은 사람은 덤블도어 교수님을 노렸을 수도 있어."

"그럼 그 사람은 슬러그혼 교수님을 잘 몰랐던 거네." 헤르미온느가 몇 시간 만에 처음으로 입을 열어 고약한 코감기에 걸린 듯한 목소리로 말했다. "슬러그혼 교수님을 아는 사람이라면 그분이 맛있는 건 자기 몫으로 챙겨 놓을 가능성이 높다는 걸 알았을 테니까."

"헤르……미……느." 론이 갑자기 잔뜩 쉰 목소리를 내뱉었다.

모두 입을 다물고 불안한 듯 그를 지켜봤지만 그는 잠깐 알아들을 수 없는 말을 중얼거린 이후 그저 코만 골기 시작했다.

병동 문이 벌컥 열리면서 모두가 화들짝 놀랐다. 해그리드가 곰 가죽 코트를 펄럭이며 성큼성큼 다가왔다. 그는 머리에 빗방울이 맺힌 채 손에는 석궁을 들고 바닥에 온통 돌고래만 한 진흙 발자국을 남기고 있었다.

"하루 종일 숲에 있었어!" 그가 헐떡이며 말했다. "아라고그 상태가 더 나빠졌거든. 그 친구에게 책을 읽어 주고 있었지. 저녁 식사 시간이 될 때까지 거기 있다가 지금 막 스프라우트 교수님한테서 론 얘기를 듣고 오는 길이다! 론은 좀 어때?"

"나쁘진 않아요." 해리가 말했다. "괜찮을 거래요."

"한 번에 여섯 명 넘는 문병객은 안 돼요!" 폼프리 선생이 사무실에서 다급히 달려 나오며 말했다.

"해그리드까지 여섯 명인데요." 조지가 짚어 주었다.

"아…… 그렇구나……." 폼프리 선생이 말했다. 해그리드의 엄청난 덩치 때문에 여러 명이 들어온 것으로 착각한 듯했다. 그녀는 당황한 기색을 감추려고 얼른 마법 지팡이를 꺼내 해그리드가 남긴 진흙 발자국을 청소했다.

"믿기지가 않는다." 론을 내려다보던 해그리드가 덥수룩한 거대한 머리를 흔들며 쉰 목소리로 말했다. "그냥 믿기지가 않아……. 이 녀석 누워 있는 것 좀 봐……. 누가 이런 아이를 해치고 싶어 한다는 거야? 엉?"

"우리도 바로 그 얘기를 하고 있었어요." 해리가 말했다. "그런데 전혀 모르겠어요."

"누가 그리핀도르 퀴디치 팀에 앙심을 품은 건 아니겠지?" 해그리드가 불안한 듯 말했다. "처음에는 케이티더니 이번에는 론이……."

"누가 일개 퀴디치 팀 선수들을 암살하려 하겠어요?" 조지가 말했다.

"안 들킬 수만 있으면 우드는 슬리데린 애들을 해치웠을지도 몰라." 프레드가 솔직하게 말했다.

"음, 퀴디치 때문은 아니겠지만 두 사건 사이에 연관성은 있다고 생각해." 헤르미온느가 조용히 말했다.

"왜 그렇게 생각해?" 프레드가 물었다.

"뭐, 일단은 둘 다 나름 치명적인 공격이었는데 사람을 죽이진 못했지. 순전히 운이 좋았던 덕분이지만 말이야. 그리고 또 하나, 독약과 목걸이 둘 다 원래 죽이려던 사람한테까지 가지는 못한 것 같고. 물론……." 그녀가 생각 끝에 덧붙였다. "그렇다면 이 일의 배후에 있는 사람이 어떤 면에서는 훨씬 위험한 인물이라고 할 수 있겠지. 목표로 삼은 사람에게 도달할 때까지 몇 명을 끝장내든 상관하지 않는 것 같으니까."

누가 이 불길한 발언에 응답하기도 전에 병동 문이 다시 열리고 위즐리 부부가 황급히 다가왔다. 위즐리 부인은 좀 전에 병동에 들렀을 때만 해도 론이 완전히 회복될 거라는 사실에 안심했을 뿐이었지만 이번에는 해리를 붙들고 꼭 끌어안았다.

"덤블도어 교수님께 네가 베조아르로 론을 살렸다는 얘기를 들었단다." 그녀가 흐느끼며 말했다. "아, 해리. 우리가 무슨 말을 할 수 있겠니? 넌 지니를 구해 주고…… 아서를 구해 주고…… 이번에는 론을 구해 줬어……."

"그런 말씀 마세요……. 전 아무것도……." 해리가 어색하게 우물거렸다.

"지금 생각해 보니까 우리 가족 절반이 너한테 목숨을

빚졌구나." 위즐리 씨가 목이 메는 듯 말했다. "흠, 내가 할 수 있는 말은 호그와트 급행열차에서 론이 너와 같은 칸에 앉기로 한 날이 위즐리 가족에게는 행운의 날이었다는 것뿐이다, 해리."

해리는 이 말에 어떤 대꾸도 할 수 없었다. 폼프리 선생이 문병객은 여섯 명까지만 허용된다고 다시 일깨워 준 것이 반가울 지경이었다. 그와 헤르미온느는 곧바로 자리에서 일어났고 해그리드도 론을 가족과 남겨 두고 두 사람과 같이 가기로 했다.

"끔찍한 일이야." 셋이서 복도를 되짚어 대리석 계단으로 향할 때 해그리드의 턱수염 사이에서 으르렁거리는 듯한 말소리가 흘러나왔다. "그 온갖 새로운 보안 조치를 취했는데도 애들이 계속 다치다니…… 덤블도어 교수님은 말도 못 하게 걱정하고 계셔. 별말씀 안 하시지만 난 알 수 있다고."

"무슨 생각이라도 있으시대요, 해그리드?" 헤르미온느가 절박하게 물었다.

"생각이야 수백 가지가 있으시겠지, 그분 머릿속에." 해그리드가 확고한 어조로 말했다. "하지만 누가 목걸이를 보냈는지, 또 누가 술에 독을 넣었는지는 모르셔. 아셨다면 범인이 바로 잡히지 않았겠냐? 내가 걱정스러운 건……." 해그리드가 어깨 너머를 힐끔 돌아보며 목소리를 낮췄다(해리는 한술 더 떠서 피브스가 있는지 천장도 확인해 보았다). "학생들이 계속 공격당하면 호그와트가 문을 닫을 수도 있다는 거야. 비밀의 방 때의 사태가 다시 벌어지지 않겠냐? 공포가 휩쓸 거고 더 많은 부모들이 아이들을 학교에서 데려가겠지. 그다음에는 이사회에서……."

해그리드는 긴 머리카락의 여자 유령이 평온하게 둥둥 떠서 지나가자 말을 잠깐 멈췄다가 쉰 목소리로 속삭였다. "……이사회에서 학교를 영원히 닫아 버리자는 얘기가 나오겠지."

"그럴 리가요." 헤르미온느가 걱정스러운 얼굴로 말했다.

"그 사람들 관점에서 봐야 돼." 해그리드가 무겁게 말했다. "내 말은, 호그와트에 아이를 보내는 건 항상 약간의 위험을 동반한 일이었잖아? 사고가 일어날 것 같겠지. 미성년 마법사 수백 명을 모두 한데 몰아넣었으니 말이야. 하지만 살인미수는 또 다른 문제야. 덤블도어 교수님이 스네이프 교수한테 화가 난 것도 당연……."

해그리드는 말을 하다 말고 멈췄다. 잔뜩 엉킨 검은 턱수염 위로 보이는 그의 얼굴에 죄책감 어린 익숙한 표정이 떠올라 있었다.

"뭐라고요?" 해리가 재빨리 물었다. "덤블도어 교수님이 스네이프한테 화가 났어요?"

"난 그런 말 안 했어." 해그리드가 말했지만 그의 당황한 표정만큼 많은 걸 말해 주는 것도 없었다. "시간 좀 봐라, 자정이 다 돼 가네. 난 이만……."

"해그리드, 덤블도어 교수님이 왜 스네이프한테 화가 난 건데요?" 해리가 큰 소리로 물었다.

"쉬잇!" 해그리드가 겁먹기도 하고 화가 난 것 같기도 한 표정을 지으며 말했다. "그런 얘기는 큰 소리로 떠드는 게 아니야, 해리. 내가 일자리를 잃었으면 좋겠니? 하긴, 네가 신경 쓸 리가 없지. 너는 이제 마법 생명체 돌보기 수업도 안 듣고……."

"죄책감 느끼게 하려고 하지 마요, 소용없으니까!" 해리가 힘주어 말했다. "스네이프가 무슨 짓을 했는데요?"

"모른다, 해리. 나는 아예 들으면 안 되는 얘기였어! 나는, 그러니까, 요전번 저녁에 금지된 숲에서 나오는데 두 분이 이야기하는 걸…… 뭐, 말다툼하는 걸 우연히 들은 거야. 관심을 끌고 싶지 않아서 숨었는데, 들으려고 한 건 아니지만…… 뭐, 큰 소리로 말다툼하고 있어서 안 듣기가 어려웠어."

"그래서요?" 해그리드가 불편한 듯 커다란 발을 질질 끌기에 해리가 재촉했다.

"뭐…… 난 그냥 스네이프 교수가 덤블도어 교수님한테 너무 많은 걸 당연하게 받아들인다고, 자기는 어쩌면…… 그러니까 스네이프 교수 자신은 이제 그 일을 하고 싶지 않은지도 모르겠다고 말하는 걸 들었을 뿐이야."

"무슨 일요?"

"나도 몰라, 해리. 스네이프 교수는 약간 지친 것 같은 목소리였어. 그게 전부야. 아무튼, 덤블도어 교수님은 스네이프 교수한테 이미 그 일을 하기로 합의하지 않았느냐고 딱 잘라 말했지. 꽤 단호하시더라. 그런 다음에 덤블도어 교수님이 스네이프 교수가 자기 기숙사, 그러니까 슬리데린을 조사하는 일에 대해 뭐라고 말씀하셨어. 뭐, 그거야 전혀 이상할 게 없지!" 해리와 헤르미온느가 의미심장한 눈빛을 주고받자 해그리드가 서둘러 덧붙였다. "기숙사 담임 교수들 모두 목걸이 사건에 대해 조사하라는 요청을 받았으니까."

"네, 하지만 덤블도어 교수님이 다른 담임 교수님들하고 말다툼을 하지는 않았잖아요." 해리가 말했다.

"봐라." 해그리드는 불편한 듯 두 손으로 쥐고 있던 석궁을 비틀었다. 쪼개지는 소리가 요란하게 들리더니 석궁이 두 동강 났다. "네가 스네이프 교수를 어떻게 생각하는지는 나도 알아, 해리. 하지만 괜한 억측은 하지 않았으면 좋겠다."

"조심해요." 헤르미온느가 짤막하게 말했다.

그들이 돌아서자마자 아거스 필치의 그림자가 벽에 불쑥 나타났다. 곧이어 필치가 축 처진 턱살을 덜덜 떨면서 구부정하니 모퉁이를 돌아 나왔다.

"오호!" 그가 말했다. "이렇게 늦은 시간에 침실 밖을 돌아다니다니 방과 후 징계감인데!"

"아니, 그렇지 않아, 필치." 해그리드가 간단하게 말했다. "나랑 같이 있잖아?"

"그렇다고 뭐가 달라지지?" 필치가 몹시 기분 나쁜 투로 물었다.

"제기랄, 난 교수잖아. 이 음흉한 스큅 같으니라고!" 해그리드가 대번에 발끈하며 말했다.

필치가 분노로 가득 차서 심술궂게 식식대는 소리를 냈다. 쥐도 새도 모르게 도착한 노리스 부인이 몸을 비틀며 필치의 앙상한 발목 주위를 빙글빙글 돌고 있었다.

"가라." 해그리드가 입술 한쪽만 벌리며 말했다.

두말할 필요도 없이 그와 헤르미온느 둘 다 얼른 그 자리를 떠났다. 뛰어가는 내내 등 뒤에서 해그리드와 필치의 목소리가 쩌렁쩌렁 울렸다. 그들은 그리핀도르 탑으로 향하는 모퉁이 근처에서 피브스를 지나쳤다. 피브스는 낄낄대고 소리를 지르면서, 고함이 오가는 곳을 향해 신나게 쌩 날아갔다.

"갈등이 있고 문제가 있는 곳에
피브스를 불러 쥐요, 두 배로 키워 드릴 테니!"

꾸벅꾸벅 졸고 있던 뚱뚱한 귀부인은 잠을 깨우자 심통을 부리면서도 다행히 앞으로 홱 젖혀졌고, 덕분에 그들은 텅 비어 있는 고요한 휴게실로 들어갈 수 있었다. 다른 아이들은 아직 론 소식을 모르는 것 같았다. 그날 이미 취조를 당할 만큼 당했던 해리는 크게 안심했다. 헤르미온느는 해리에게 잘 자라고 인사한 뒤 여학생 기숙사로 향했다. 하지만 해리는 휴게실에 남았다. 그는 벽난로 앞 의자에 앉아 꺼져 가는 불꽃을 들여다보았다.

덤블도어가 스네이프와 말다툼을 했다. 그가 해리에게 한 그 모든 말에도 불구하고, 스네이프를 완전히 믿는다는 고집스러운 주장에도 불구하고, 덤블도어는 스네이프에게 인내심을 잃고 말았다……. 덤블도어는 스네이프가 슬리데린 학생들을 조사하는 데 최선을 다하지 않는다고 생각했다……. 아니, 어쩌면 단 한 명의 슬리데린 학생, 말포이를 조사하는 일이 아닐까?

덤블도어가 해리의 의구심에 아무런 근거가 없는 척 굴었던 건 해리가 자기 손으로 직접 문제를 해결하려 드는 어리석은 짓을 하는 것을 원치 않았기 때문일까? 충분히 그럴 수 있었다. 덤블도어는 해리가 둘만의 수업이나 슬러그혼에게서 문제의 기억을 끄집어내는 일 외에 어떤 것에도 정신을 팔기를 원치 않았는지도 모른다. 아마 덤블도어는 열여섯 살짜리들에게 교직원에 대한 의심을 털어놓는 일은 옳지 않다고 생각했을 것이다…….

"거기 있었구나, 포터!"

해리는 깜짝 놀라 마법 지팡이를 준비 태세로 들고 벌떡 일어났다. 휴게실이 비어 있다고 확신했기에 멀찍이 떨어진 의자에서 거대한 사람 형체가 불쑥 일어나리라고는 전혀 생각도 못 했던 것이다. 자세히 보니 그는 코맥 매클래건이었다.

"네가 돌아오기를 기다리고 있었어." 매클래건은 해리가 뽑은 마법 지팡이를 못 본 척하며 말했다. "그러다 잠들었나 봐. 저기, 아까 사람들이 위즐리를 병동으로 데려가는 걸 봤어. 다음 주 시합에 제대로 뛸 수 있을 것 같지 않던데."

해리는 매클래건이 무슨 말을 하는 건지 깨닫기까지 조금 시간이 걸렸다.

"아…… 맞다…… 퀴디치." 그는 마법 지팡이를 청바지 허리띠에 도로 집어넣고 지친 듯 손가락으로 머리를 쓸어 넘기며 말했다. "맞아…… 그때 못 뛸지도 몰라."

"뭐, 그럼 내가 파수꾼을 해야겠네. 그렇지?" 매클래건이 말했다.

"응." 해리가 말했다. "맞아, 그래야겠네……."

해리는 그의 말에 뭐라고 반박해야 할지 도저히 알 수 없었다. 어쨌거나 매클래건이 선발전에서 두 번째로 잘한 건 확실한 사실이니까.

"좋았어." 매클래건이 만족스러운 목소리로 말했다. "그럼 훈련은 언제야?"

"뭐? 아…… 내일 저녁에 있어."

"좋아. 잘 들어, 포터. 우리 둘이 미리 얘기를 해야 돼.

네가 유용하다고 생각할 만한 전술 아이디어가 몇 가지 있거든."

"그래." 해리가 열의 없는 말투로 말했다. "뭐, 그럼 내일 들을게. 지금은 좀 피곤해서……. 나중에 보자……."

론이 독살당할 뻔했다는 소식은 다음 날 빠르게 퍼져 나갔지만 케이티가 공격당한 일만큼 큰 소동을 일으키지는 못했다. 사람들은 사건 당시 론이 마법약 교수의 연구실에 있었고, 곧바로 해독제를 먹어서 실제로 해를 입지는 않았기 때문에 그 일이 단순한 사고였을지도 모른다고 생각했다. 사실 그리핀도르 학생들은 대체로 다가오는 후플푸프와의 퀴디치 시합에 더 많은 관심을 보였다. 그들 중 대다수가 슬리데린과의 시즌 첫 시합에서 중계를 하다가 지니에게 호되게 벌을 받은 후플푸프 추격꾼, 재커라이어스 스미스를 보고 싶어 했기 때문이다.

하지만 해리는 이렇게까지 퀴디치에 관심이 가지 않기도 처음이었다. 그는 급속도로 드레이코 말포이에게 집착하게 되었다. 해리는 틈날 때마다 도둑 지도를 확인하고 가끔씩 말포이가 있는 곳으로 길을 돌아가기도 했지만, 말포이가 일상에서 벗어난 행동을 하는 것을 본 적은 아직까지 한 번도 없었다. 그러나 말포이가 그냥 지도에서 사라져 버리는 그 설명할 수 없는 시간들은 여전히 존재했다…….

하지만 그 일에 대해 생각해 볼 시간은 별로 없었다. 퀴디치 훈련과 숙제에 더해, 이제는 어딜 가든 코맥 매클래건과 라벤더 브라운이 졸졸 따라다니고 있었기 때문이다.

둘 중 누가 더 짜증 나는지 판가름하기는 어려웠다. 매클래건은 론보다는 자기가 팀의 주전 파수꾼에 잘·어울리며 이제는 해리도 자기가 경기하는 모습을 꾸준히 보고 있으니 그렇게 생각하게 될 게 분명하다는 기색을 끊임없이 내비쳤다. 그는 또한 다른 선수들을 열심히 비판하면서 해리에게 여러 가지 자세한 훈련법을 늘어놨다. 해리는 누가 주장인지 그에게 여러 차례 일깨워 줄 수밖에 없었다.

한편 라벤더는 수도 없이 해리에게 쭈뼛쭈뼛 다가와 론 얘기를 했다. 매클래건의 퀴디치 강좌보다도 더 진 빠지는 일이었다. 처음에 라벤더는 론이 병동에 있다는 얘기를 자기에게 전해 줄 생각을 한 사람이 아무도 없었다는 것에 매우 화를 냈다("그러니까, 난 론의 여자 친구잖아!"). 하지만 불행하게도 그녀는 해리가 깜빡 잊고 그녀에게 말해 주지 않은 것도 이제 용서하기로 결심한 듯했다. 그보다는 론의 감정에 대한 깊이 있는 수다를 떨고 싶어 안달했다. 해리 입장에서는 기꺼이 피하고 싶은 굉장히 불편한 경험이었다.

"저기, 차라리 론한테 다 얘기하는 게 어때?" 론이 그녀의 새 정장 로브에 대해 정확히 뭐라고 했는지부터, 해리가 보기에는 론이 그녀 자신과의 관계를 '진지하게' 여기는 것 같은지에 이르기까지 모든 것을 아우르는 라벤더의 유난히 긴 취조 끝에 해리가 물었다.

"뭐, 나야 하고 싶지. 그런데 내가 만나러 가면 론은 항상 자고 있던걸!" 라벤더가 안달하며 말했다.

"그래?" 해리가 놀라서 물었다. 그가 병동에 갈 때마다 론은 늘 완벽히 깨어 있는 상태로 덤블도어와 스네이프의 말다툼 소식에 엄청난 관심을 보이기도 하고 매클래건을 욕하는 일에도 열을 올렸던 것이다.

"헤르미온느 그레인저는 아직도 론을 만나러 가니?" 라벤더가 불쑥 물었다.

"응, 그럴걸. 뭐, 둘은 친구잖아?" 해리가 어색하게 말했다.

"친구? 웃기지 마." 라벤더가 코웃음을 쳤다. "론이 나랑 사귀기 시작한 이후로 걘 론이랑 몇 주나 말을 안 했잖아! 그랬는데 이제 와서 화해하고 싶어진 거야. 론이 아주 흥미로운 일을 겪었으니까."

"독살당할 뻔한 게 흥미로운 일이라고?" 해리가 물었다. "아무튼…… 미안, 가 봐야겠다. 저기 매클래건이 퀴디치 얘기를 하러 오네." 해리는 얼른 말한 다음 단단한 벽인 척 하는 문을 옆걸음으로 빠르게 지나 마법약 교실로 가는 지름길을 전력 질주했다. 다행히 그곳을 통하면 라벤더도, 매클래건도 그를 쫓아올 수 없었다.

후플푸프와의 퀴디치 시합 날 아침 해리는 경기장으로 향하기 전 병동에 들렀다. 론은 심하게 동요하고 있었다. 폼프리 선생이 론이 너무 흥분할 것을 염려해 시합을 보러 가지 못하게 했기 때문이다.

"그래서, 매클래건은 어떻게 하고 있어?" 그가 긴장해서 해리에게 물었다. 그 질문을 이미 두 번이나 던졌다는 사실은 잊은 듯했다.

"말했잖아." 해리가 인내심을 갖고 말했다. "걔가 세계적인 선수가 되더라도 난 걜 팀에 두고 싶지 않아. 끊임없이 모두에게 이래라저래라 한다니까. 자기가 모든 포지션에서 다른 선수들보다 더 잘할 수 있을 거라고 생각해. 난 걜 내보낼 기회만 기다리고 있어. 그리고 내보낸다는 얘기가 나와서 말인데……." 해리는 자리에서 일어나 파이어볼트를 집어 들며 덧붙였다. "라벤더가 널 보러 왔을 때 자는 척하는 것 좀 그만하면 안 되냐? 걔 때문에 돌겠어."

"아." 론이 쑥스러운 얼굴로 대답했다. "응. 알았어."

"더 이상 사귀고 싶지 않으면 그냥 걔한테 말을 해." 해리가 말했다.

"어…… 그게…… 그렇게 쉬운 일이 아니잖아?" 론이 말했다. 그는 잠시 침묵했다. "헤르미온느가 경기 전에 들르려나?" 그가 아무렇지 않게 덧붙였다.

"아니, 벌써 지니랑 같이 경기장으로 내려갔어."

"아." 론이 뚱한 표정으로 말했다. "알았어. 뭐, 행운을 빈다. 네가 매클래…… 아니, 내 말은, 스미스를 묵사발 내길 바랄게."

"시도는 해 볼게." 해리가 빗자루를 어깨에 걸치며 말했다. "시합 마치고 보자."

해리는 텅 빈 복도를 서둘러 걸어갔다. 이미 경기장에 나와 앉아 있든 경기장으로 가고 있든 전교생이 밖에 나와 있었다. 창밖을 내다보며 바람이 얼마나 거세게 불지 예측해 보던 그는 앞에서 들려온 소음에 힐끗 눈을 들었다. 말포이가 다가오고 있었다. 그는 여학생 두 명과 함께였는데, 그 애들은 둘 다 시무룩하고 잔뜩 골이 난 표정이었다.

말포이는 해리를 보고 우뚝 멈춰 서더니 전혀 즐거워 보이지 않는 웃음을 짧게 지어 보이고 계속 걸어갔다.

"너 어디 가냐?" 해리가 물었다.

"그래, 조만간 꼭 말해 줄게. 네 일이니까 말이야, 포터." 말포이가 빈정거렸다. "서두르는 게 좋을걸? 다들 '선택받은 주장', '골을 넣은 소년'을 기다리고 있을 테니까. 뭐 요즘은 뭐라 부르는지 모르겠다만."

여학생 하나가 억지로 킥킥 웃었다. 해리가 그녀를 빤히 바라보았다. 그녀는 얼굴을 붉혔다. 말포이는 해리를 밀치고 지나갔고 두 여학생은 종종걸음으로 말포이를 뒤따라 모퉁이를 돌더니 시야에서 사라졌다.

해리는 그 자리에 붙박인 채 그들이 사라지는 모습을 지켜보았다. 화가 머리끝까지 치솟았다. 시합 전에 도착하기에도 시간이 빠듯했다. 그런데 다른 학생들이 모두 학교를 비운 사이에 말포이가 살금살금 돌아다니고 있다? 지금이야말로 말포이가 뭘 꾸미고 있는지 알아낼 가장 좋은 기회였다. 소리 없이 몇 초가 똑딱똑딱 흘러갔고, 해리는 그 자리에 꼼짝 않고 서서 말포이가 사라진 곳을 뚫어지게 바라보았다…….

"어디 갔었어?" 해리가 탈의실로 뛰어들어 오자 지니가 물었다. 팀 선수 모두가 옷을 갈아입고 대기 중이었다. 몰이꾼인 쿠트와 피크스 모두 초조하게 방망이로 자기 다리를 두드리고 있었다.

"말포이를 만났어." 해리가 진홍색 로브에 머리를 집어넣으며 그녀에게 조용히 말했다.

"그래서?"

"그래서, 다른 애들은 모두 여기 내려와 있는데 어째서 그 녀석만 여자애 두 명을 데리고 성에 남아 있는 건지 알고 싶었어."

"지금 그게 중요해?"

"뭐, 그거야 모르지." 해리가 파이어볼트를 쥐고 안경을 밀어 올려 바로잡으며 말했다. "그럼, 가자!"

그는 다른 말은 덧붙이지 않고 귀가 멀 듯한 환호성과 야유를 받으며 경기장으로 걸어 나갔다. 바람은 거의 불지 않았고 구름이 드문드문 떠 있었으며 시시때때로 밝은 햇빛이 현란하게 번쩍였다.

"까다로운 조건인걸!" 매클래건이 팀 선수들에게 활기찬 목소리로 말했다. "쿠트, 피크스, 해를 등지고 나는 게 좋을 거야. 너희가 접근하는 걸 상대가 못 보도록……."

"주장은 나야, 매클래건. 애들한테 지시 내리는 것 좀 그만두고 닥치고 있어." 해리가 화를 내며 말했다. "그냥 골대로 가!"

매클래건이 골대로 향하자마자 해리는 쿠트와 피크스에게 돌아섰다.

"꼭 해를 등지고 날도록 해." 그는 마지못해 그렇게 말했다.

그는 후플푸프 주장과 악수한 다음 후치 선생의 호루라기 소리에 맞춰 땅을 박차고 다른 동료 선수들보다 더 높이 날아올라 스니치를 찾아서 경기장을 빠르게 돌았다. 스니치를 일찍 잡는 데 성공하면 성으로 돌아가 도둑 지도를 이용해 말포이가 뭘 하는지 알아낼 수 있을지도 모른다…….

"후플푸프의 스미스가 쿼플을 잡았습니다." 몽롱한 목소리가 교정에 울려 퍼졌다. "당연히 지난번에 중계를 했던 그 스미스가요. 지니 위즐리가 스미스한테 돌진했었는데요, 아마 일부러 그런 것 같아요. 그렇게 보였거든요. 스미스가 그리핀도르에 상당히 무례하게 굴었으니까요. 이제는 그리핀도르를 상대로 경기를 하고 있으니 아마 그런 말을 한 걸 후회하지 않을까 싶습니다. 아, 보세요. 쿼플을 놓쳤네요. 지니가 가져갔습니다. 저는 지니를 정말 좋아해요. 아주 착하거든요."

해리는 중계석을 내려다보았다. 분명 제정신인 사람이

라면 루나 러브굿에게 중계를 맡기지는 않았을 텐데? 하지만 이 위에 떠 있다 하더라도 그 길고 짙은 금발이나 버터맥주 코르크로 만든 목걸이를 잘못 볼 리 없었다……. 루나 옆에서는 맥고나걸 교수가 살짝 불편한 표정을 짓고 있었다. 이번 중계자 선정에 대해 진심으로 다시 생각하고 있는 듯했다.

"……그런데 저 덩치 큰 후플푸프 선수가 지니한테서 퀴플을 가로챘네요. 저 선수 이름이 기억이 안 나요. 비블이었던가, 아니, 버긴스였나……."

"캐드월래더다!" 맥고나걸 교수가 루나 옆에서 큰 소리로 외쳤다. 관중이 웃음을 터뜨렸다.

해리는 스니치를 찾아 주위를 둘러보았다. 스니치는 흔적도 없다. 잠시 후 캐드월래더가 득점했다. 매클래건이 지니가 퀴플을 빼앗긴 것에 대해 큰 소리로 화를 내고 있었다. 지니 때문에 커다란 빨간 공이 자기 오른쪽 귀를 지나쳐 날아가는 걸 못 봤다는 것이다.

"매클래건, 네 일에나 집중해. 다른 사람들은 가만히 좀 놔둘래?" 해리가 홱 돌아서서 자기 팀 파수꾼을 마주 보며 소리쳤다.

"너나 잘하시지!" 매클래건이 머리끝까지 화가 나서 벌게진 얼굴로 마주 소리 질렀다.

"그리고 이제 해리 포터가 자기 팀 파수꾼과 말다툼을 벌이고 있어요." 루나가 평온하게 말했다. 아래쪽 관중석에서 후플푸프와 슬리데린 학생들이 하나같이 환호성을 지르며 야유했다. "저런다고 스니치를 찾는 데 도움이 될 것 같지는 않아요. 어쩌면 영리한 계략일지도 모르겠지만요……."

해리는 화가 나 욕설을 내뱉으며 홱 돌아섰다. 그는 다시 경기장을 빙빙 돌면서 날개 달린 조그만 황금색 공의 흔적을 찾아 하늘을 훑었다.

지니와 드멜자가 각각 한 골씩 넣으면서 빨간색과 금색 옷을 입은 아래쪽 응원석에서 환호성을 이끌어 냈다. 그때 캐드월래더가 다시 득점하면서 동점이 됐지만 루나는 알아채지 못한 듯했다. 그녀는 득점 같은 세속적인 일에는 별 관심이 없는 것처럼 보였고, 끊임없이 흥미로운 모양의 구름이라든가 지금까지 쿼플을 1분 이상 소유하는 데 실패한 재커라이어스 스미스가 '패자의 병'인지 뭔지로 고통받고 있을 가능성 쪽으로 관중의 관심을 돌리려 했다.

"70 대 40으로 후플푸프가 앞서고 있다!" 맥고나걸 교수가 루나의 확성기에 대고 소리쳤다.

"벌써요?" 루나가 멍하니 물었다. "아, 보세요! 그리핀도르 파수꾼이 몰이꾼의 방망이를 들었네요."

해리는 공중에 뜬 채 휙 돌아보았다. 아니나 다를까, 매클래건이 피크스의 방망이를 빼앗아 들고, 다가오는 캐드월래더에게 어떻게 블러저를 날려야 하는지 시범을 보여 주고 있었다.

"걔 방망이 돌려주고 당장 골대로 돌아가!" 해리가 매클래건에게 돌진하며 고함을 질렀다. 바로 그때, 맹렬하게 휘둘러진 매클래건의 방망이가 블러저에 빗맞았다.

눈이 멀 듯한 격렬한 고통…… 번뜩이는 빛…… 멀찍이서 들리는 비명 소리…… 기나긴 터널을 떨어져 내리는 느낌…….

다음 순간 해리는 무척 따뜻하고 편안한 침대에 누워 있었다. 그는 어두운 천장에 둥근 황금빛을 드리우고 있는 등불을 올려다보았다. 그는 힘겹게 머리를 들었다. 그의 왼쪽에 주근깨가 많고 빨간 머리카락을 가진 낯익은 사람이 보였다.

"문병 고맙다." 론이 씩 웃으며 말했다.

해리는 눈을 깜빡이며 주위를 둘러보았다. 그럼 그렇지, 그는 병동에 있었다. 바깥 하늘 색깔은 짙은 빨간색 줄무늬가 들어간 쪽빛이었다. 시합은 분명 몇 시간 전에 끝났을 것이다……. 말포이를 구석에 몰아넣겠다는 희망도 마찬가지였다. 머리가 이상하게 무거웠다. 그는 한 손을 들어 터번처럼 감은 뻣뻣한 붕대를 만져 보았다.

"어떻게 된 거야?"

"두개골에 금이 갔어." 폼프리 선생이 빠른 걸음으로 다가와 그를 밀어 다시 베개에 기대게 하며 말했다. "걱정할 것 없다. 내가 바로 고쳤으니까. 하지만 하룻밤은 입원시킬 거야. 몇 시간 동안은 무리하면 안 돼."

"밤새 여기 있고 싶지는 않아요." 해리는 몸을 일으켜 앉아 이불을 다시 홱 젖히며 화난 어조로 말했다. "매클래건을 찾아서 죽여 버리고 싶다고요."

"안됐지만 그건 '무리하는 일'에 해당하는 것 같구나." 폼프리 선생은 그렇게 말하고 단호하게 그를 침대에 도로 눕힌 다음 위협적으로 마법 지팡이를 들어 올렸다. "내가 퇴원시킬 때까지 넌 여기 있을 거야, 포터. 안 그러면 교장 선생님을 부를 거다."

그녀는 다시 바쁜 걸음으로 사무실로 돌아갔고 해리는 화가 나서 씩씩거리며 베개에 머리를 파묻었다.

"몇 점 차이로 졌는지 알아?" 그가 이를 악문 채 론에게 물었다.

"뭐, 응, 알아." 론이 미안한 듯 말했다. "최종 점수는 320 대 60이었어."

"끝내주네." 해리가 사납게 말했다. "진짜 끝내줘! 매클래건 이 자식 잡히기만 해 봐……."

"걜 잡고 싶진 않을걸. 덩치가 트롤만 하잖아." 론이 이성적으로 말했다. "개인적으로 혼혈 왕자의 발톱 어쩌고 하는 마법으로 저주 거는 쪽을 추천할게. 하긴 네가 여기서 나가기 전에 다른 선수들이 걔를 처치할지도 몰라. 다들 기분이 별로 좋지 않거든……."

론의 목소리에는 고소한 감정을 억누르는 기색이 역력했다. 무엇보다 매클래건이 시합을 망쳤다는 사실에 전율을 느끼는 게 틀림없었다. 해리는 가만히 누워서 천장에 드리워진 빛을 올려다보았다. 막 치료를 받은 두개골은 정확히 말하면 아프다기보다 약간 물러진 채 붕대로 친친 감겨 있는 느낌이었다.

"시합 중계하는 소리가 여기까지 들리더라." 론이 말했다. 이제는 웃느라 목소리가 떨리고 있었다. "이제부터 루나가 계속 중계를 맡았으면 좋겠어. '패자의 병'이라니……."

하지만 해리는 이 상황에서 웃긴 점을 발견하기에는 아직도 너무 화가 나 있었다. 잠시 뒤에는 론의 코웃음도 잦

아들었다.

"네가 의식이 없을 때 지니가 찾아왔었어." 오랜 침묵 끝에 론이 말하자 해리의 머릿속 상상이 순식간에 과열되었다. 지니가 죽은 듯 누워 있는 해리의 몸을 붙잡고 흐느끼며 그에게 깊이 끌리는 감정을 고백하는 가운데 론이 그들을 축복하는 장면이 빠르게 떠올랐다……. "네가 시합 시간에 겨우 맞춰서 왔다던데. 무슨 일 있었어? 여기서는 일찍 나갔잖아."

"아……." 해리가 마음의 눈으로 보던 장면이 산산이 부서졌다. "맞다……. 말포이가 별로 같이 다니고 싶어 하지 않는 것처럼 보이는 여자애들 두 명이랑 몰래 어디로 가는 걸 봤어. 걔가 다른 애들이랑 같이 퀴디치 경기장에 가지 않은 게 이걸로 두 번째야. 지난번 시합 때도 안 나갔잖아. 기억나?" 해리가 한숨을 쉬었다. "지금 같아서는 그냥 걔를 따라갈 걸 그랬나 싶어. 어차피 망쳤을 시합……."

"멍청한 소리 하지 마." 론이 날카롭게 말했다. "고작 말포이를 미행하려고 퀴디치 시합을 빼먹겠다니. 넌 주장이잖아!"

"걔가 무슨 짓을 꾸미는지 알고 싶어." 해리가 말했다. "이 모든 게 내 머릿속에서만 일어나는 일이라고 말하지

마. 걔랑 스네이프랑 하는 얘기를 엿들은 지금은…….”

“네 머릿속에서만 일어난 일이라고 한 적 없어.” 이번에는 론이 팔꿈치로 몸을 받치고 일어나 해리를 향해 눈을 찡그렸다. “하지만 한 번에 반드시 한 사람만 무슨 음모를 꾸밀 수 있다는 법칙 같은 건 없어! 넌 말포이한테 점점 집착하고 있어, 해리. 겨우 그 자식 뒤를 쫓으려고 시합을 빼먹을 생각까지 하다니…….”

“난 그 자식을 현장에서 잡고 싶단 말이야!” 해리가 답답한 마음에 소리쳤다. “대체 지도에서 사라져서 어디로 가는 거지?”

“모르지…… 호그스미드?” 론이 하품을 하며 내뱉었다.

“그 자식이 지도에 표시된 비밀 통로를 지나가는 건 본 적이 없어. 어쨌든, 내가 알기로 그 통로들은 감시당하고 있기도 하고.”

“뭐, 그럼, 나도 모르겠다.” 론이 말했다.

둘 사이에 침묵이 내려앉았다. 해리는 머리 위 둥근 등불 빛을 올려다보며 생각에 잠겼다…….

해리가 루퍼스 스크림저 정도의 힘만 가지고 있어도 말포이에게 미행을 붙일 수 있었을 것이다. 하지만 불행하게도 해리는 휘하에 오러 여러 명을 거느리고 있는 직업을 갖고 있지 않았다……. 그는 아주 잠깐 D.A. 회원들과 함께 뭔가를 꾸밀까 생각해 봤지만 그래도 아이들이 수업을 빼먹어야 한다는 문제가 남아 있었다. 어쨌든 그들 중 대부분의 시간표는 아직 꽉 차 있었으니까…….

론의 침대에서 낮게 그르렁그르렁 코 고는 소리가 들렸다. 잠시 후 폼프리 선생이 이번에는 두꺼운 가운을 걸치고 사무실에서 나왔다. 잠든 척하기는 식은 죽 먹기였다. 해리는 옆으로 몸을 굴리고, 폼프리 선생이 마법 지팡이를 휘두르자 커튼들이 모두 저절로 닫히는 소리에 귀를 기울였다. 등불 빛은 희미해졌고 그녀는 사무실로 돌아갔다. 문이 닫힐 때 찰칵하는 소리를 듣고 해리는 그녀가 잠자리에 들었다는 것을 알았다.

어둠 속에서 해리는 퀴디치 시합에서 부상을 입고 병동으로 이송된 게 이번으로 세 번째라는 사실을 떠올렸다. 지난번에는 경기장 주위에 있는 디멘터들 때문에 빗자루에서 떨어졌고, 그전에는 대책 없이 무능한 록하트 교수 때문에 팔뼈가 모두 사라져 버렸다……. 지금까지 해리가 당한 것 중에서는 그것이 가장 고통스러운 부상이었다……. 팔뼈 전체가 하룻밤 사이에 다시 자랄 때의 고통이 생각났다. 한밤중 예상치 못한 방문자가 등장했는데도 누그러지지 않던 그 불편함…….

해리는 벌떡 일어나 앉았다. 심장이 두근거렸다. 터번처럼 감긴 붕대가 비뚜름해졌다. 마침내 해결책이 생겼다. 말포이에게 미행을 붙일 방법이 있었다. 어떻게 잊을 수 있었을까? 어째서 진작 이 생각을 하지 못했을까?

하지만 문제는 그를 어떻게 부르느냐는 것이었다. 어떻게 해야 하지?

해리는 머뭇거리며 어둠 속에 대고 조용히 말했다.

"크리처?"

아주 요란한 '펑' 소리가 나더니 옥신각신하는 소리와 꽥꽥대는 비명이 조용한 병동을 가득 채웠다. 론이 소리를 지르며 잠에서 깼다.

"무슨 일……?"

해리는 폼프리 선생이 달려 나올까 봐 얼른 마법 지팡이로 그녀의 사무실 문을 가리키며 "머플리아토"라고 중얼거렸다. 그런 다음 무슨 일이 벌어지고 있는지 더 잘 살펴보기 위해 허둥지둥 침대 끝으로 움직였다.

집요정 둘이 병동 바닥 한가운데를 뒹굴고 있었다. 한 명은 줄어든 고동색 스웨터에 털실로 짠 모자 여러 개를 쓰고 있었고, 다른 한 명은 더럽고 낡은 걸레를 엉덩이 근처에 샅바처럼 매고 있었다. 또 한 번 시끄러운 쾅 소리가 나고 폴터가이스트 피브스가 몸싸움을 벌이는 집요정들 위에 나타났다.

"나는 다 봤지롱, 또라이 포터!" 그는 밑에 펼쳐진 싸움 판을 손가락질하면서 못마땅한 듯 말하더니 시끄럽게 낄 낄거렸다. "귀여운 생명체들이 옥신각신하는 것 좀 봐. 깨 물깨물 퍽퍽……."

"크리처는 도비 앞에서 해리 포터를 욕하면 안 돼요. 절 대 안 돼요. 자꾸 그러면 도비가 크리처의 입을 닥치게 만 들어 줄 거예요!" 도비가 높은 소리로 꽥꽥거렸다.

"……톡톡 걷어차고, 삭삭 할퀴고!" 피브스가 즐겁게 외 치더니 급기야 집요정들의 성질을 더욱 돋우려고 그들에게 분필 조각을 집어던졌다. "쭉쭉 잡아당기고, 쿡쿡 찌르고!"

"크리처는 자기 주인에 대해서 하고 싶은 말을 할 거야, 암 그렇고말고. 하기야 보통 주인도 아니지. 더러운 머드 블러드들의 친구라니. 아, 크리처의 가엾은 마님이 아시면 이렇게 말씀……?"

그들은 크리처의 마님이 정확히 뭐라고 말했을지 알 수 없었다. 바로 그 순간 도비가 크리처의 입에 울퉁불퉁한 작은 주먹을 꽂아 넣으며 그의 이를 절반쯤 부러뜨렸던 것이다. 해리와 론 둘 다 침대에서 벌떡 일어나 두 집요정을 억지로 떨어뜨려 놓았지만, 집요정들은 서로를 향한 발길질과 주먹질을 멈추지 않았다. 피브스는 등불 주위를 돌다가 갑자기 휙휙 날아내리면서 새된 목소리로 그들을 부추기고 있었다. "그 녀석 콧구멍에 손가락을 쑤셔 넣어, 코피를 터뜨리고 귀를 잡아당겨……."

해리가 피브스에게 마법 지팡이를 겨누고 내뱉었다. "랭락!" 피브스는 목을 부여잡고 침을 꿀꺽 삼키고는 저속한 손짓을 해 보이면서도 더 이상 말은 하지 못하고 병동에서 휙 날아갔다. 방금 그의 혀가 입천장에 달라붙어 버린 것이다.

"잘했어." 론이 감탄하듯 말하며, 마구 휘둘러지는 도비의 팔다리가 더 이상 크리처에게 닿지 못하도록 그를 공중으로 들어 올렸다. "그것도 혼혈 왕자의 공격 마법이지?"

"응." 해리가 크리처의 쭈글쭈글한 팔을 비틀어 움직이지 못하게 하고 말했다. "좋아, 너희 둘이 서로 싸우는 걸 금지한다! 자, 크리처. 너는 도비랑 싸우지 말라는 명령을 받았어. 도비, 난 너한테 명령을 내릴 권한이 없다는 걸 알지만……."

"도비는 자유로운 집요정이고 도비가 좋아하는 사람이

면 누구한테든 복종할 수 있어요. 그리고 도비는 해리 포
터가 원하는 일은 뭐든지 할 거예요!" 쪼글쪼글한 작은 얼
굴에서 스웨터 위로 눈물을 줄줄 흘리며 도비가 말했다.

"좋아, 그럼." 해리가 말했다. 그와 론이 집요정들을 놓아
주자 둘은 바닥에 내려섰지만 싸움을 계속하지는 않았다.

"주인님이 절 부르셨습니까?" 크리처는 해리가 고통스
러운 죽음을 맞길 바라는 기색이 역력한 눈길을 던지면서
도 허리를 깊숙이 숙이며 쉰 목소리로 말했다.

"그래, 맞아." 해리가 머플리아토 주문이 아직 듣고 있는
지 확인하느라 폼프리 선생의 사무실을 힐끗 보며 말했다.
그녀가 이 소음을 조금이라도 들은 기색은 전혀 보이지 않
았다. "너한테 시킬 일이 있어."

"크리처는 주인님이 바라시는 일은 뭐든 할 겁니다요."
크리처는 여기저기 튀어나온 발가락에 입술이 닿을 정도
로 몸을 구부렸다. "크리처한테는 선택의 여지가 없으니까
요. 하지만 크리처는 이런 주인을 모시는 게 부끄러울 따
름입니다요. 그렇고말고요."

"도비가 할게요, 해리 포터!" 도비가 꺅꺅 소리쳤다. 도
비의 테니스 공만 한 눈에는 아직도 눈물이 그렁그렁했다.
"도비가 해리 포터를 도울 수 있다면 영광일 거예요!"

"생각해 보니까, 너희 둘 모두에게 시키는 게 좋겠어." 해리가 말했다. "좋아, 그럼…… 나는 너희가 드레이코 말포이를 미행해 줬으면 좋겠어."

놀라움과 짜증이 뒤섞인 론의 표정을 못 본 체하며 해리가 말을 이었다. "나는 걔가 어디에 가는지, 누굴 만나고 뭘 하는지 알고 싶어. 너희가 하루 종일 그 애를 쫓아다녔으면 좋겠어."

"네, 해리 포터!" 도비가 곧바로 대답했다. 그의 커다란 두 눈이 흥분으로 반짝거렸다. "만약 일을 망친다면 도비는 가장 높은 탑에서 몸을 던질 거예요, 해리 포터!"

"그럴 필요는 전혀 없어." 해리가 서둘러 말했다.

"주인님께서는 크리처가 말포이 가문의 가장 어린 구성원을 미행하길 원하시는 건가요?" 크리처가 꺽꺽거리는 목소리로 물었다. "크리처가 옛 마님의 순수 혈통 조카손자를 염탐하기를 원하시는 겁니까?"

"바로 그거야." 해리는 어마어마한 위험을 예견하고 즉시 그것을 사전에 방지할 작정으로 말했다. "그리고 네가 그 녀석한테 말을 흘리는 걸 금지하겠어, 크리처. 네가 하려는 일을 그 녀석에게 알려 주거나, 그 녀석한테 말을 걸거나, 메시지를 적어 보내거나, 아니면…… 아니면 어떤 식으로든 그 녀석하고 접촉하는 것도. 알았어?"

해리는 크리처가 방금 받은 지시에서 구멍을 찾으려 애쓰는 모습을 바라보며 한동안 기다렸다. 잠시 후, 해리에게는 아주 만족스럽게도 크리처는 다시 깊숙이 허리를 숙이며 씁쓸한 분노를 담은 목소리로 말했다. "주인님께서 모든 걸 생각해 내셨으니까요. 크리처는 두말할 것 없이 말포이 가문의 하인이 되는 게 훨씬 좋지만 주인님에게 복종해야 합니다. 암요……."

"그럼 결정된 거야." 해리가 말했다. "정기적으로 보고를 받고 싶은데, 너희가 나타날 때는 내 주위에 사람이 없는지 꼭 확인해. 론이랑 헤르미온느는 괜찮아. 그리고 너희가 뭘 하는지 아무한테도 말하지 마. 그냥 티눈 반창고처럼 말포이한테 딱 붙어 있기만 해."

20장

볼드모트 경의 요구

폼프리 선생이 돌봐 준 덕분에 해리와 론은 완전히 회복되어 월요일 아침이 되자마자 병동을 나섰다. 그리고 이제는 기절하고 독을 먹은 것에 대한 보상을 톡톡히 즐길 수 있었는데, 그중에서도 가장 좋은 것은 헤르미온느가 다시 론과 친구가 되었다는 사실이었다. 헤르미온느는 심지어 그들과 함께 아침 식사를 하러 가서, 그때 지니가 딘과 말다툼을 했다는 소식을 전해 주기도 했다. 해리의 가슴속에서 졸고 있던 괴물이 갑자기 기대에 차서 코를 킁킁거리며 고개를 쳐들었다.

"뭐 때문에 싸웠는데?" 해리가 되도록 아무렇지도 않은 목소리를 내려고 애쓰며 물었다. 그들이 들어선 8층 복도에는 발레복을 입은 트롤 태피스트리를 유심히 살펴보는 조그만 여학생을 제외하면 아무도 없었다. 그녀는 6학년들이 다가오자 겁을 먹은 듯 들고 있던 묵직한 놋쇠 저울을 떨어뜨렸다.

"괜찮아!" 헤르미온느가 얼른 뛰어가서 그녀를 도와주며 다정하게 말했다. "자……." 헤르미온느가 망가진 저울을 마법 지팡이로 톡톡 두드리며 "레파로"라고 말했다.

소녀는 고맙다는 말도 없이 그 자리에 붙박인 듯 서서, 그들이 옆을 지나쳐 시야에서 사라지는 모습을 지켜보았다. 론이 그녀를 힐끔 돌아보았다.

"애들이 점점 작아지는 게 틀림없어." 그가 말했다.

"쟤한텐 신경 쓰지 마." 해리가 약간 조바심을 내며 말했다. "지니랑 딘은 뭐 때문에 다툰 거야, 헤르미온느?"

"아, 매클래건이 너한테 블러저를 날렸을 때 딘이 웃었대." 헤르미온느가 말했다.

"분명 웃겼겠지." 론이 객관적으로 말했다.

"전혀 안 웃겼거든!" 헤르미온느가 발끈했다. "끔찍했지. 쿠트랑 피크스가 잡아 주지 않았으면 해리는 아주 심하게 다쳤을 거야!"

"그래, 하지만 그런 걸로 지니랑 딘이 헤어질 필요는 없는데." 해리는 여전히 태연한 목소리를 내려고 애쓰며 말했다. "아니면 아직 사귀나?"

"응, 사귀고 있어. 근데 왜 그렇게 관심을 가져?" 헤르미온느가 해리를 날카롭게 쳐다보며 물었다.

"그냥 우리 퀴디치 팀이 다시 엉망이 되는 게 싫어서 그러지!" 그가 다급히 얼버무렸지만 헤르미온느는 계속 의심스러워하는 눈치였다. 등 뒤에서 어떤 목소리가 "해리!" 하고 부르며 헤르미온느에게서 등을 돌릴 핑계를 만들어 주자 그는 매우 안심했다.

"아, 안녕, 루나."

"널 보러 병동에 갔었어." 루나가 가방을 뒤적거리며 말했다. "근데 네가 퇴원했다더라……."

그녀는 녹색 양파, 얼룩무늬가 있는 커다란 독버섯, 고양이 똥처럼 보이는 것을 론의 손에 잔뜩 올려놓더니 마침내 지저분해진 양피지 두루마리를 꺼내 해리에게 건넸다.

"……너한테 이걸 전해 주래."

해리는 그 작은 양피지가 덤블도어와의 다음 수업을 알리는 초대장이라는 것을 대번에 알아차렸다.

"오늘 밤이네." 그가 양피지를 펼치자마자 론과 헤르미온느에게 말했다.

"지난번 경기 중계 멋졌어!" 루나가 녹색 양파와 독버섯, 고양이 똥을 도로 가져가는 사이 론이 그녀에게 말했다. 루나는 애매하게 미소 지었다.

"날 놀리는 거지?" 그녀가 말했다. "다들 끔찍했다던데."

"아니, 진심이야!" 론이 진지하게 말했다. "그렇게 재미있는 중계는 처음이었어! 그건 그렇고, 이건 뭐야?" 그가 양파처럼 생긴 것을 눈높이로 들어 올리며 덧붙였다.

"아, 그건 거디루트야." 그녀가 고양이 똥과 독버섯을 다시 가방에 쑤셔 넣으며 말했다. "갖고 싶으면 가져도 돼. 난 몇 개 있거든. 꿀꺽 플림피들을 쫓아내는 데 정말 효과가 좋아."

그녀는 그때까지도 거디루트를 쥔 채 킥킥 웃고 있는 론을 뒤로하고 멀어져 갔다.

"있지, 나 쟤가 점점 마음에 들어. 루나 말이야." 다시 대연회장으로 출발하면서 그가 말했다. "정신이 좀 이상하다는 건 알지만 그건 좋은 의미에서……."

그는 갑작스럽게 말을 멈췄다. 라벤더 브라운이 화가 머리끝까지 난 얼굴로 대리석 계단 아래 서 있었다.

"안녕." 론이 긴장한 채 입을 열었다.

"가자." 해리가 헤르미온느에게 나직이 말했고 그들은

두 사람을 지나쳐 가려고 속도를 높였다. 하지만 그러기도 전에 라벤더의 말이 들려왔다. "오늘 퇴원한다고 왜 말 안 했어? 그리고 *쟤는* 왜 너랑 같이 있는 거야?"

30분 뒤에 아침 식사를 하러 나타났을 때 론은 시무룩하 면서도 짜증이 난 표정이었다. 라벤더와 나란히 앉기는 했 지만, 해리가 보니 둘은 함께 있는 내내 한 마디도 주고받 지 않았다. 헤르미온느는 이 모든 것을 거의 의식하지 않 는 것처럼 굴었지만 해리는 한두 번 설명할 수 없는 미소 가 그녀의 얼굴을 스치는 것을 보았다. 헤르미온느는 하루 종일 유난히 기분이 좋아 보였으며, 그날 저녁 휴게실에서 는 심지어 해리의 약초학 작문 숙제를 한번 봐 주겠다고 (달리 말하면, 마저 써 주겠다고) 했다. 여태까지는 단호하 게 거부해 온 일이었다. 해리가 론에게 그 숙제를 베끼라 고 보여 준다는 것을 알고 있었기 때문이다.

"정말 고마워, 헤르미온느." 손목시계를 확인한 해리는 8시가 다 된 것을 알고 다급히 그녀의 등을 두드리며 말했 다. "저기, 난 서둘러야겠어. 안 그랬다간 덤블도어 교수님 과의 약속에 늦을 거야."

그녀는 아무 대답 없이 그저 지긋지긋하다는 듯, 해리가 쓴 것 중에서 말도 안 되는 문장 몇 개를 찍찍 그었다. 해리는 씩 웃으며 다급히 초상화 구멍을 나와 교장실로 향했다. '토피 에클레어'라고 말하자 가고일이 옆으로 펄쩍 물러났고, 해리는 나선형 계단을 한 번에 두 칸씩 올라 연구실 안의 시계가 8시를 알리는 순간 문을 두드렸다.

"들어오너라." 덤블도어가 소리쳤지만 해리가 문을 열려고 손을 뻗었을 때 안에서 누가 문을 잡아당겼다. 문 앞에는 트릴로니 교수가 서 있었다.

"아하!" 그녀는 돋보기 같은 안경 너머로 해리를 바라보며 눈을 깜빡이면서 과장된 손짓으로 그를 가리켰다. "그러니까 다짜고짜 저를 연구실에서 쫓아내신 이유가 바로 이거군요, 덤블도어!"

"친애하는 시빌." 덤블도어가 살짝 격앙된 목소리로 말했다. "다짜고짜 쫓아냈다니 말도 안 되는 얘기지만, 해리와 약속이 있었던 건 사실이에요. 그리고 나는 정말이지 더 이상 할 말이 없……."

"잘 알겠어요." 트릴로니 교수가 몹시 상처받은 목소리로 말했다. "제 자리를 빼앗아 가려는 그 짐말을 쫓아내지 않으시겠다면, 그렇게 하세요……. 저의 재능을 좀 더 잘 알아주는 학교를 찾아야겠군요……."

그녀는 해리를 밀치고 나선형 계단 아래로 사라졌다. 그녀가 계단을 내려가다가 발을 헛디디는 소리가 들렸다. 해리는 그녀가 바닥에 질질 끌리는 숄을 밟고 미끄러졌을 거라고 추측했다.

"문 닫고 자리에 앉아 다오, 해리." 덤블도어가 약간 지친 목소리로 말했다.

해리는 그 말에 따라 늘 앉던 덤블도어의 책상 앞 의자에 앉으면서 이번에도 그들 사이에 펜시브가 놓여 있다는 것을 알아차렸다. 소용돌이치는 기억으로 가득 찬 아주 작은 크리스털 병 두 개도 있었다.

"트릴로니 교수님은 아직도 피렌지가 수업을 맡은 게 마음에 안 드나 보네요." 해리가 말했다.

"그래." 덤블도어가 말했다. "알고 보니 점술 수업은 내가 예상했던 것보다 훨씬 골칫덩어리더구나. 나는 그 과목을 공부해 본 적이 없거든. 이제 와서 피렌지한테 이미 추방자 신세가 된 금지된 숲으로 돌아가라고 말할 수도 없고, 시빌 트릴로니에게 나가 달라고 부탁할 수도 없단다. 우리끼리 얘기지만, 트릴로니 교수는 이 성을 나가면 얼마나 위험해질지 전혀 모르고 있으니까. 트릴로니 교수는 자기가 너와 볼드모트에 관한 예언을 했다는 사실을 모르고 있고…… 나로서는 그 사실을 트릴로니 교수에게 알려 주는 건 어리석은 일이라는 생각이 들어서 말이다."

덤블도어는 깊이 한숨을 내쉬더니 말을 이었다. "그러나 교직원 문제는 신경 쓰지 말거라. 우리에게는 의논해야 할 훨씬 중요한 일들이 있으니까. 먼저…… 지난번 수업이 끝날 때 내가 맡겼던 과제는 해냈느냐?"

"아." 해리는 갑자기 말문이 막혔다. 순간이동 수업에 퀴디치, 론은 독을 먹고 그 자신은 두개골에 금이 간 데다 드레이코 말포이가 뭘 꾸미는지 알아내려는 결심까지 더해져, 덤블도어가 슬러그혼 교수에게서 기억을 끌어내 달라고 부탁했던 일을 거의 잊고 있었던 것이다. "그게, 마법약 수업이 끝나고 슬러그혼 교수님한테 여쭤봤는데요, 교수님, 근데, 어, 슬러그혼 교수님이 저한테 말씀해 주실 것 같지 않았어요."

잠시 침묵이 흘렀다.

"알겠다." 덤블도어가 반달 안경 너머로 해리를 바라보며 마침내 그렇게 말했다. 해리는 평소처럼 X레이 촬영을 당하는 것 같은 느낌이었다. "그 문제에 최선을 다했다고 느낀다는 거지? 네가 가진 독창성을 남김없이 발휘했고, 그 기억을 끄집어내는 임무를 위해 마지막 한 방울까지 지혜를 짜냈다고 말이다."

"어⋯⋯." 해리는 뭐라고 말해야 할지 몰라 머뭇거렸다. 기억을 끌어내려 했던 단 한 번의 노력이 갑자기 부끄러울 정도로 하찮게 보였다. "그게⋯⋯ 론이 모르고 사랑의 묘약을 먹은 날 제가 론을 슬러그혼 교수님한테 데려갔거든요. 저는 슬러그혼 교수님을 기분 좋게 만들면, 어쩌면⋯⋯."

"그래서 통했느냐?" 덤블도어가 물었다.

"아뇨, 교수님. 론이 독을 먹는 바람에⋯⋯."

"⋯⋯그래서 기억을 끌어내려던 일은 당연히 까맣게 잊어버렸겠지. 가장 친한 친구가 위험에 처했는데 내가 달리 무엇을 기대하겠니? 하지만 위즐리 군이 완전히 회복할 거라는 사실이 분명해진 뒤에는 내가 맡긴 임무로 복귀하기를 바랐다. 그 기억이 얼마나 중요한지 명확하게 설명했다고 생각했지. 사실 나는 너에게 그것이야말로 우리가 가진 모든 기억 중에서 가장 중요한 기억이고 그것이 없으면 우린 시간 낭비를 하는 셈이라는 것을 명심하게 하려고 최선을 다했다."

찌를 듯한 뜨거운 수치심이 정수리에서부터 몸 전체로 퍼져 나갔다. 덤블도어는 목소리를 높이지 않았고 화가 난 목소리로 말하지도 않았지만, 해리는 차라리 그가 소리를 쳤으면 좋겠다고 생각했다. 이 싸늘한 실망감이 무엇보다 괴로웠다.

"교수님." 그가 조금 절박하게 말했다. "그 일에 신경도 안 썼다거나 그런 건 전혀 아니에요. 저는 그냥 다른…… 다른 일들이……."

"신경 쓰이는 다른 일들이 있었다……." 덤블도어가 그 대신 말을 맺었다. "알겠다."

둘 사이에 다시 침묵이 흘렀다. 해리가 덤블도어와 함께 하면서 겪었던 것 중 가장 불편한 침묵이었다. 덤블도어의 머리 위에서 아만도 디핏의 초상화가 작게 중얼거리며 코 고는 소리만 들려올 뿐 그 침묵은 끝도 없이 이어질 것만 같았다. 해리는 이상하게 위축되는 기분이 들었다. 연구실에 들어온 뒤로 몸이 약간 줄어든 것 같았다.

침묵을 더 이상 견디지 못하게 됐을 때 해리가 말했다. "덤블도어 교수님, 정말 죄송합니다. 더 노력했어야 하는데……. 정말로 중요한 일이 아니었다면 저한테 해 달라고 부탁하시지도 않았을 거라는 걸 알았어야 했어요."

"그렇게 말해 줘서 고맙구나, 해리." 덤블도어가 조용히 말했다. "그럼, 지금부터는 이 일에 더 높은 우선순위를 매길 거라고 기대해도 되겠니? 그 기억을 얻지 못한다면 오늘 밤 이후 우리의 만남에는 아무런 의미가 없을 게다."

"그렇게 할게요, 교수님. 꼭 얻어 내겠습니다." 해리가 진심을 담아 말했다.

"그럼 지금 당장은 더 이상 그 얘기를 하지 말자꾸나." 덤블도어가 좀 더 다정해진 목소리로 말했다. "대신 지난 번 끊긴 데서부터 이야기를 이어 가자. 어느 부분이었는지 기억하니?"

"네, 교수님." 해리가 재빨리 대답했다. "볼드모트는 자기 아버지와 할아버지, 할머니를 죽이고 삼촌 모핀의 짓인 것처럼 꾸몄어요. 그런 다음 호그와트로 돌아와서…… 슬러그혼 교수님한테 호크룩스에 대해 물었습니다." 그는 부끄러움에 말을 웅얼거렸다.

"아주 잘했다." 덤블도어가 말했다. "자, 내 바람일 수도 있겠다만, 너도 아마 우리 모임이 막 시작하던 그때 우리가 추측과 추론의 영역으로 들어가게 될 거라고 했던 말을 기억할 게다."

"네, 교수님."

"너도 동의했으면 좋겠는데, 지금까지는 볼드모트가 열일곱 살이 될 때까지의 행적에 관한 나의 추론에 상당히 견고한 사실적 근거가 있지 않았니?"

해리는 고개를 끄덕였다.

"그러나 이제는 말이다, 해리." 덤블도어가 말을 이었다. "사건들이 더욱 애매하고 이상해진단다. 리들이라는 소년과 관련된 증거를 찾기도 어려웠지만, 성인이 된 볼드모트에 대해 회상할 준비가 된 사람을 찾는 건 거의 불가능하거든. 사실 나는 볼드모트가 호그와트를 떠난 뒤에 어떻게 살았는지 정확하게 이야기할 수 있는 사람이 볼드모트 자신 이외에 단 한 명이라도 남아 있을지 의심스럽다. 그렇지만 너와 나누고 싶은 두 가지 기억이 마지막으로 남아 있단다." 덤블도어는 펜시브 옆에서 은은하게 빛나는 작은 크리스털 병 두 개를 가리켰다. "그런 다음에는 내가 이 기억에서 이끌어 낸 결론이 그럴듯한지 네 의견을 들려 다오."

덤블도어가 자신의 의견을 이토록 중요시 여긴다는 생각이 들자 해리는 호크룩스와 관련된 기억을 끌어내는 임무에 실패한 것이 더욱 부끄럽게 느껴졌다. 덤블도어가 두 개의 병 가운데 하나를 들어 빛에 비춰 보며 살피는 사이 해리는 죄책감에 자세를 고쳐 앉았다.

"다른 사람들의 기억 속으로 들어가는 일에 싫증이 나지 않았으면 좋겠구나. 이 두 기억은 특히 흥미로운 수집품이거든." 그가 말했다. "이 첫 번째 기억은 호키라는 이름의 나이가 아주 많은 집요정에게서 얻은 거란다. 호키가 무엇을 목격했는지 보기 전에, 볼드모트 경이 어떻게 호그 와트를 떠나게 됐는지부터 빠르게 말해 줘야겠구나. 너도 예상했겠지만 볼드모트는 그때까지 치렀던 모든 시험에서 최고 성적을 받고 7학년이 되었다. 볼드모트 주위의 동급 생들은 다들 호그와트를 떠나 어떤 직업을 선택할지 결정 하기 시작했지. 대부분이 반장이자 남학생 회장이자 호그 와트 특별 공로상 수상자인 톰 리들이 아주 멋진 꿈을 갖 고 있을 거라 기대했어. 나는 슬러그혼 교수를 포함한 몇 몇 교수들이 볼드모트에게 마법 정부에 들어갈 것을 권했 다고 알고 있다. 일자리를 마련해 주겠다 제안하고 유용한 연줄을 만들어 주겠다고 했지. 하지만 볼드모트는 그 모든 제안을 거절했다. 그 후 교수들은 볼드모트가 보긴 앤 버 크에서 일하게 되었다는 걸 알게 됐지."

"보긴 앤 버크에서요?" 해리는 충격을 받아 물었다.

"그래, 보긴 앤 버크였단다." 덤블도어가 침착하게 되풀 이했다. "호키의 기억에 들어가 보면 너도 그 장소의 어떤 매력이 그자를 사로잡았는지 알게 될 거다. 하지만 볼드모 트가 처음에 일하고 싶어 했던 곳은 그 가게가 아니었어. 그땐 이 사실을 아는 사람이 거의 없었지만 말이다. 난 당시의 교장 선생님이 이 문제를 털어놓았던 몇 안 되는 사람 중 한 명이었단다. 볼드모트는 처음에 디핏 교수를 찾아가 교수가 되어 호그와트에 남을 수 있느냐고 물었다."

"여기 남고 싶어 했다고요? 왜요?" 해리가 더더욱 놀라서 물었다.

"몇 가지 이유가 있었을 거라 생각한다만 볼드모트는 그중 한 가지도 디핏 교수에게 털어놓지 않았다." 덤블도어가 말했다. "첫째, 가장 중요한 이유로, 볼드모트는 어느 누구에게라기보다는 이 학교 자체에 애착을 느꼈던 것 같다. 그자는 호그와트에서 가장 행복한 시간을 보냈으니까. 이곳은 볼드모트가 집처럼 느낀 처음이자 마지막 장소였지."

해리는 그 말에 살짝 불편함을 느꼈다. 그것은 정확히 해리가 호그와트에 대해 갖는 느낌이기도 했다.

"둘째, 호그와트 성은 고대의 마법이 깃든 성이다. 볼드모트는 틀림없이 이곳을 거쳐 간 대다수의 학생보다 이 성의 비밀을 더 많이 알아냈겠지만, 아직도 풀어야 할 수수께끼와 건드려 볼 마법들이 간직되어 있을 거라고 느꼈을지도 모른다. 셋째, 교수가 되면 어린 마법사들에게 어마어마한 힘과 영향력을 행사할 수 있지. 아마 볼드모트는 슬러그혼 교수가 더없이 안락한 삶을 살아가면서도 얼마나 큰 영

향력을 행사할 수 있는지 보여 주는 것을 보고 그런 생각을
했을 게다. 나는 볼드모트가 호그와트에서 여생을 보내는
자신의 모습을 단 한 순간도 그려 본 적 없을 거라 생각한
다만, 그가 이곳을 세력을 키울 장소, 자기만의 군대를 만
들기 시작할 장소로 여겼을 거라는 생각은 든다."

"하지만 교수 자리를 얻지 못했나요?"

"그래, 얻지 못했단다. 디핏 교수는 볼드모트에게 열여
덟 살이라는 나이는 너무 어리다면서 몇 년이 지나고 그때
도 여전히 가르치는 일을 하고 싶다면 다시 지원하라고 권
했지."

"교수님께서는 어떻게 느끼셨어요?" 해리가 머뭇거리며
물었다.

"대단히 불편했다." 덤블도어가 말했다. "나는 아만도에
게 이런 임명에 반대한다고 말했단다. 디핏 교수는 볼드모
트를 꽤 마음에 들어 했고 그자가 정직하다고 믿고 있었
어. 그래서 나는 너한테 말해 준 이유들을 디핏 교수에게
털어놓지 않았다. 하지만 나는 그자가 이 학교에, 특히 힘
을 가진 자리로 돌아오는 건 반대했다."

"볼드모트는 어떤 자리를 원했나요, 교수님? 어떤 과목
을 가르치고 싶어 했어요?"

왜인지 해리는 덤블도어가 말하기 전부터 그 답을 알고 있었다.

"어둠의 마법 방어법이었다. 당시에는 갈라티아 메리소 트라는 나이 많은 교수가 가르치고 있었지. 호그와트에 근 50년 동안 계신 분이었단다. 그래서 볼드모트는 보긴 앤 버크로 갔고, 그를 칭찬하던 교수들은 하나같이 그토록 총 명한 젊은 마법사가 점원 노릇이나 하다니 그게 웬 재능 낭비냐고 말했지. 그러나 볼드모트는 단순한 점원이 아니 었어. 예의 바르고 잘생긴 데다 똑똑했으니 그는 머잖아 보긴 앤 버크 같은 곳에만 있을 법한 특별한 일들을 맡게 됐다. 해리 너도 알다시피 그 가게는 비범하고 강력한 속 성을 지닌 물건들을 전문적으로 다루는 곳이지 않니. 가게 주인들은 사람들에게 그를 보내 갖고 있는 보물을 팔도록 설득하게 했고, 어느 모로 보나 그는 이 일에 비범한 재능 을 보였다."

"당연히 그렇겠죠." 해리는 참지 못하고 그렇게 내뱉었 다.

"그래, 맞다." 덤블도어가 희미한 미소를 띠고 말했다. "이제는 집요정 호키의 이야기를 들을 시간이다. 호키는 아주 나이가 많고 아주 부유한 헵시바 스미스라는 여자 마법사의 집에서 일했단다."

덤블도어가 마법 지팡이로 병을 두드리자 코르크 마개가 날아갔다. 그가 소용돌이치는 기억을 펜시브에 쏟아부으며 말했다. "먼저 들어가거라, 해리."

해리는 다시 한 번 자리에서 일어나, 돌 대야 속 물결치는 은빛 물질 표면에 얼굴이 닿을 때까지 허리를 구부렸다. 그는 어두운 허공 속으로 떨어져 내린 끝에 어느 집 응접실에 내려섰다. 그곳의 주인으로 보이는 귀부인은 정교하게 만든 적갈색 가발을 쓰고 현란한 분홍색 로브를 몸 주위에 치렁치렁 늘어뜨리고 있어서 녹아내리는 장식 케이크처럼 보였다. 그녀는 보석이 박힌 조그만 거울을 들여다보며 큼직한 분첩으로 이미 불그스름한 뺨에 연지를 찍어 바르고 있었다. 한쪽에서는 해리가 지금껏 본 중에서 가장 작고 나이 든 집요정 하나가 주인의 통통한 발에 꽉 끼는 비단 실내화를 신긴 뒤 끈을 묶어 주고 있었다.

"서둘러라, 호키!" 헵시바가 도도하게 말했다. "4시에 온다고 했으니 겨우 2분 남았어. 그 앤 여태껏 한 번도 늦은 적이 없단 말이야!"

집요정이 허리를 펴자 그녀는 분첩을 치웠다. 집요정의 정수리는 헵시바의 의자 밑에 닿을락 말락 했고 종잇장 같은 피부는 토가처럼 두르고 있는 얇디얇은 리넨 천과 비슷하게 축 늘어져 있었다.

"나 어떠니?" 헵시바가 고개를 요리조리 돌려 다양한 각도에서 거울에 비친 자기 얼굴을 감탄하듯 바라보며 말했다.

"사랑스러워요, 주인님." 호키가 꽥꽥거렸다.

해리는 호키의 계약서에 그런 질문을 받으면 이를 악물고라도 거짓말을 해야 한다는 내용이 적혀 있을 거라는 생각이 들었다. 그가 보기에 헵시바 스미스는 사랑스러움과는 거리가 멀었다.

초인종이 딸랑딸랑 울리자 주인과 집요정 모두 화들짝 놀랐다.

"빨리빨리. 그 애가 왔어, 호키!" 헵시바가 소리치자 집요정은 잡동사니로 가득 차 있어서 누구라도 물건을 적어도 열 개 이상 쓰러뜨리지 않고는 빠져나가기 어려워 보이는 그 방을 허둥지둥 나갔다. 옻칠을 한 작은 상자로 가득한 캐비닛들과 황금빛 글자가 새겨져 있는 책들로 가득한 상자들, 행성 모형과 천구의와 놋쇠 화분 안에서 무럭무럭 자라고 있는 식물들이 얹힌 선반 등이 보였다. 사실 그 방은 마법 골동품 가게와 온실을 합쳐 놓은 것처럼 보였다.

집요정은 몇 분 만에 돌아왔다. 키 큰 젊은이가 그녀를 따라 들어왔는데, 해리는 그가 볼드모트라는 것을 한눈에 알아보았다. 머리카락은 학생 때보다 조금 길었고 뺨은 움푹 들어가 있었지만 그 모든 것이 단정하게 차려 입은 검은색 정장과 잘 어울렸고, 어느 때보다도 그의 외모를 돋보이게 해 주고 있었다. 그는 예전에도 여러 차례 이곳을 방문한 적이 있다는 듯, 잡동사니로 가득한 방을 능숙하게 헤치고 오더니 헵시바의 작고 통통한 손 위로 공손히 몸을 숙이고 그 손등에 살짝 입 맞췄다.

"꽃을 가져왔습니다." 그가 허공에서 장미 한 다발을 만들어 내며 조용히 말했다.

"이런 장난꾸러기 같으니, 뭐 이런 걸 다!" 헵시바가 새된 목소리로 외쳤지만, 해리는 그녀가 가장 가까운 곳에 있는 조그만 탁자에 빈 꽃병을 준비해 둔 것을 눈치챘다. "네가 정말 이 늙은이의 버릇을 망치려 드는구나, 톰⋯⋯. 앉으려무나, 앉아⋯⋯. 호키는 어디 있지? 아⋯⋯."

집요정이 작은 케이크들이 담긴 쟁반을 들고 방으로 쏜살같이 뛰어들어 오더니 주인 바로 옆에 그 쟁반을 올려놓았다.

"마음껏 먹거라, 톰." 헵시바가 말했다. "네가 내 케이크를 얼마나 좋아하는지 다 아니까. 자, 어떻게 지냈니? 창백해 보이는구나. 가게에서 널 너무 부려먹는 모양이야. 벌 써 백번은 말하는 거지만…….”

볼드모트가 기계적으로 미소 짓자 헵시바는 헤벌쭉 웃었다.

“그래, 이번에는 또 무슨 핑계로 들렀지?” 그녀가 긴 속 눈썹이 달린 눈을 깜빡거리며 물었다.

“버크 씨께서 고블린이 만든 갑옷과 관련해서 지난번 보다 나은 조건으로 거래를 제안하고 싶어 하십니다.” 볼 드모트가 말했다. “500갈레온이면 공정한 가격 이상이라 고…….”

“이런, 이런. 이렇게 성급하게 굴면 안 되지. 자꾸 그러 면 네가 그딴 시시한 물건 때문에 여기 온 거라는 생각이 들지 않겠니!” 헵시바가 뿌루퉁하게 말했다.

“그 물건 때문에 지시를 받고 여기 온 건 사실입니다만.” 볼드모트가 조용히 말했다. “저는 별 볼 일 없는 점원에 불 과하니까요. 시키는 대로 해야 합니다. 버크 씨는 그걸 여 쭤보라고 절 보낸…….”

“아, 버크 씨 따위…… 흥!” 헵시바가 작은 손을 내저으 며 말했다. “너한테 보여 줄 게 있어. 버크 씨한테는 한 번 도 보여 준 적 없단다! 비밀 지킬 수 있겠니, 톰? 내가 이 물건을 갖고 있다는 말을 버크 씨한테 안 하겠다고 약속할 수 있어? 내가 너한테 이 물건을 보여 준 걸 알면 버크 씨가 아주 성가시게 굴 거야. 난 이 물건을 팔 생각이 없거든. 버크에게도, 그 누구에게도 말이야! 하지만 톰 너라면 이 물건이 얼마나 많은 갈레온을 벌어다 주느냐가 아니라 이 물건이 지닌 역사적인 가치를 알아볼 거야."

"헵시바 님께서 보여 주시는 물건이라면 뭐든 기꺼이 보겠습니다." 볼드모트가 조용히 말하자 헵시바는 또 한 번 소녀처럼 까르르 웃었다.

"호키한테 가져오라고 했는데…… 호키, 어디 있니? 리들 군에게 우리가 가진 *가장* 좋은 보물을 보여 드리고 싶구나……. 아니, 말이 나온 김에 둘 다 가져오렴……."

"여기 있어요, 주인님." 집요정이 새된 소리로 말했다. 가죽 상자 두 개가 해리의 눈에 들어왔다. 해리는 작디작은 집요정이 그 상자들을 머리 위로 들고 탁자와 방석, 발 받침 사이를 헤집고 오고 있다는 것을 알았지만, 상자들은 마치 서로 포개진 채 방을 가로질러 스스로 움직이는 것처럼 보였다.

"자." 헵시바가 집요정에게서 상자들을 받아 무릎에 올려놓고 맨 위에 있는 상자를 열 준비를 하며 기분 좋게 말했다. "너도 분명 좋아할 거야, 톰⋯⋯. 아, 내가 너한테 이걸 보여 준다는 걸 우리 가족들이 알면⋯⋯. 다들 한 번 만져라도 보고 싶어서 안달이거든!"

그녀는 뚜껑을 열었다. 해리는 더 잘 보기 위해 앞으로 조금 움직였다. 정교하게 세공된 손잡이가 두 개 달린 작은 황금색 잔 같은 것이 보였다.

"이게 뭔지 아니, 톰? 한번 들어 보거라. 잘 살펴보렴." 헵시바가 속삭이자 볼드모트는 긴 손가락을 뻗어 비단에 폭 감싸여 있는 잔의 한쪽 손잡이를 잡고 들어 올렸다. 해리는 볼드모트의 검은 눈에 희미한 붉은빛이 번뜩이는 것을 본 듯했다. 그의 탐욕스러운 표정은 헵시바의 얼굴에 떠오른 것과 흡사했다. 그녀의 작은 두 눈은 볼드모트의 잘생긴 얼굴에 고정되어 있다는 점만 다를 뿐이었다.

"오소리로군요." 볼드모트가 잔에 새겨진 문양을 살펴보며 중얼거렸다. "그렇다면 이건⋯⋯?"

"헬가 후플푸프의 것이란다. 너도 아는구나. 요 영특한 것!" 헵시바는 코르셋이 요란하게 삐걱거리는 소리가 날 만큼 몸을 숙이고 볼드모트의 움푹한 뺨을 꼬집었다. "난 후플푸프의 먼 후손이란다. 전에도 말하지 않았니? 이건 오랜 세월 동안 우리 가문에 전해진 거야. 멋지지? 게다가

온갖 힘을 가지고 있다고 하는데 철저히 시험해 보진 않았
단다. 그냥 여기에 안전하게 잘 보관하고 있을 뿐이야."

그녀는 볼드모트의 긴 검지에서 잔을 다시 빼 가서 상자
안에 살살 집어넣었다. 잔을 조심스럽게 제자리에 돌려놓
는 데 열중한 나머지 잔을 빼앗기는 순간 볼드모트의 얼굴
을 스쳐 간 그림자는 눈치채지 못했다.

"자 그럼……." 헵시바가 신이 나서 말했다. "호키는 어
디 있지? 아 그래, 저기 있구나. 이건 이제 가져가려무나,
호키."

집요정이 시키는 대로 잔이 든 상자를 가져가자 헵시바
는 아직 무릎에 놓여 있던 훨씬 납작한 상자로 관심을 돌
렸다.

"이건 더 마음에 들 거다, 톰." 그녀가 속삭였다. "허리를
좀 숙이거라, 애야. 그래야 보이지……. 물론 내가 이걸 갖
고 있다는 건 버크도 알아. 버크한테서 산 거니까. 그리고
감히 말하는데, 내가 죽으면 버크는 이걸 무척 되찾고 싶
어 할 거야."

그녀는 정교하게 세공된 걸쇠를 밀어 상자를 열어젖혔
다. 부드러운 진홍색 벨벳 위에 묵직한 황금 로켓 목걸이
가 놓여 있었다.

볼드모트는 이번에는 상대가 권하기도 전에 손을 뻗어 물건을 집더니 빛에 비추며 뚫어지게 바라보았다.

"슬리데린의 상징이군요." 그가 조용히 말했다. 뱀 모양의 정교한 S자에 불빛이 어른거렸다.

"맞아!" 헵시바가 로켓을 뚫어지게 응시하는 볼드모트의 모습을 바라보며 기쁜 듯 말했다. "터무니없이 큰돈을 들여야 했지만 이런 보물을 그냥 놓칠 순 없었지. 내 수집품으로 만들어야 하니까. 버크는 누더기를 걸친 어떤 여자한테서 이 물건을 샀다는데, 보아하니 그 여자는 이걸 훔치면서도 진짜 가치를 몰랐던 게 분명해."

이번에는 오해의 여지가 없었다. 그녀의 말에 볼드모트의 두 눈이 짙은 붉은빛으로 번뜩였다. 해리는 로켓 목걸이 줄을 쥐고 있는 그의 손마디가 하얗게 질리는 것을 보았다.

"버크는 아마 그 여자한테 몇 푼 안 쥐여 줬을 거야. 어쨌든 정말 아름답지……. 여기에도 온갖 종류의 힘이 깃들어 있다지만 나는 그냥 안전하게 잘 보관하고 있을 뿐이란다."

그녀가 로켓 목걸이를 다시 받아 가려고 손을 뻗었다. 잠시 해리는 볼드모트가 그걸 놓지 않을 거라고 생각했지만 목걸이는 어느새 볼드모트의 손가락 사이를 빠져나가 빨간 벨벳 쿠션 위에 다시 놓였다.

"자, 이게 전부다, 톰, 애야. 즐겁게 감상했길 바란다!"

해리는 톰을 마주하는 그녀의 얼굴에서 처음으로 바보 같은 미소가 흐려지는 것을 보았다.

"괜찮니, 애야?"

"아, 네." 볼드모트가 조용히 말했다. "네, 괜찮습니다."

"난 또…… 하지만 빛 때문에 잘못 본 거겠지……." 헵시 바가 불안한 표정으로 말했고, 해리는 그녀도 볼드모트의 눈에서 순간적으로 번뜩인 붉은빛을 본 것이라고 추측했 다. "자, 호키. 이것들을 가져가서 다시 잠가 두거라……. 평소처럼 마법을 걸어 놓고……."

"돌아갈 시간이다, 해리." 덤블도어가 조용히 말했다. 조 그만 집요정이 상자들을 들고 잡동사니 사이에서 보였다 안 보였다 하며 멀어져 가는 가운데 덤블도어는 다시 한 번 해리의 팔을 잡았고, 그들은 함께 기억 저편으로 날아 올라 덤블도어의 연구실로 돌아왔다.

"헵시바 스미스는 이 짧은 사건이 있고 이틀 뒤에 죽었 다." 덤블도어가 자리에 앉아 해리에게도 앉으라고 손짓하 며 말했다. "정부에서는 집요정 호키가 주인이 저녁에 마 시는 코코아에 실수로 독을 탔다며 유죄판결을 내렸지."

"말도 안 돼요!" 해리가 화를 내며 소리쳤다.

"내 생각도 바로 그렇단다." 덤블도어가 말했다. "확실히 이 죽음과 리들 가족의 죽음 사이에는 유사점이 많아. 두 사건 모두 다른 사람이 누명을 썼고, 그 사람은 자기가 그런 짓을 했다는 선명한 기억을 가지고 있지."

"호키가 자백한 건가요?"

"호키는 주인의 코코아에 뭔가를 넣은 걸 떠올렸다. 나중에 설탕이 아니라 잘 알려지지 않은 치명적인 독으로 밝혀진 뭔가를 말이지." 덤블도어가 말했다. "결국 호키가 일부러 그런 게 아니라 나이가 많아서 착각한 것으로……."

"볼드모트가 호키의 기억을 조작한 거예요. 모핀한테 그랬던 것처럼요!"

"그래, 내 결론도 그렇다." 덤블도어가 말했다. "그리고 모핀 때 그랬던 것처럼 정부는 너무 쉽게 호키를 의심했지."

"……호키가 집요정이었으니까요." 해리가 말했다. 헤르미온느가 만든 S.P.E.W.에 이렇게 공감하기는 처음이었다.

"바로 그거다." 덤블도어가 말했다. "늙은 호키는 주인의 코코아에 뭔가를 넣었다는 사실을 인정했단다. 그러자 정부의 누구도 굳이 더 이상 조사하지 않았지. 모핀 때도 그랬지만 내가 호키를 찾아내 이 기억을 얻을 수 있게 됐을 때쯤에는 호키의 생명도 거의 끝나 가고 있었다. 하지만 물론 호키의 기억은 볼드모트가 그 잔과 로켓의 존재를 알았다는 것 말고는 아무것도 입증하지 못해. 호키가 유죄 판결을 받았을 무렵 헵시바의 가족들은 그녀의 가장 소중한 보물 두 가지가 사라졌다는 사실을 깨달았다. 헵시바는 자신의 수집품을 항상 여러 군데 숨겨 놓고 철저하게 지켰기 때문에 그 사실을 확신하기까지는 시간이 조금 걸렸어. 결국 그 가족들이 잔과 로켓이 모두 사라진 것을 확인했을 때, 보긴 앤 버크에서 일했던 점원, 수시로 헵시바를 방문해 그녀를 솜씨 좋게 매혹시켰던 젊은이는 사표를 내고 잠적한 뒤였지. 볼드모트의 상사들은 그가 어디로 갔는지 전혀 몰랐단다. 그가 사라지자 다른 사람들만큼 놀랐지. 그리고 그 사건 이후로는 오랫동안 누구도 톰 리들을 보거나 그에 관한 이야기를 듣지 못했다. 자⋯⋯." 덤블도어가 말을 이었다. "해리, 괜찮다면 이번에도 잠시 멈춰서 우리 이야기의 몇몇 지점을 주의 깊게 살펴봤으면 좋겠구나. 볼드모트는 또 한 번 살인을 저질렀다. 그게 리들 가족을 죽인 이후의 첫 살인이었는지는 정확히 모르겠지만, 아마 그럴 거다. 이번에 그는 복수하기 위해서가 아니라 뭔가를 얻기 위해 사람을 죽였어. 그건 너도 이해했을 거다. 볼드모트는, 가엾게도 그에게 푹 빠진 그 나이 든 여성이 보여 준 두 개의 멋진 보물을 갖고 싶었던 게다. 고아원에서 다른 아이들의 물건을 훔쳤던 것처럼, 삼촌 모핀의 반지를 가져갔던 것처럼, 이번엔 헵시바의 잔과 로켓을 가지고 달아난 거지."

"하지만" 하고, 해리가 얼굴을 찌푸리며 말했다. "터무니없는 짓 아닌가요⋯⋯. 온갖 위험을 무릅쓴 거잖아요. 고작 그런 것들을 얻으려고 직업도 버리고⋯⋯."

"네가 보기에는 터무니없는 행동이었겠지만 볼드모트에게는 그렇지 않았을 게다." 덤블도어가 말했다. "너도 결국 그 물건들이 그에게 정확히 어떤 의미를 갖는지 이해하기를 바란다만, 해리, 볼드모트가 적어도 그 로켓은 당연히 자기 거라고 생각했다는 것만은 쉽게 상상할 수 있겠지."

"로켓은 그럴지도 모르죠." 해리가 말했다. "하지만 잔은 왜 가져갔을까요?"

"그 잔은 또 다른 호그와트 창립자의 물건이었다." 덤블도어가 말했다. "나는 볼드모트가 그때까지도 학교에 엄청난 애착을 갖고 있었고, 호그와트의 역사가 그토록 깊이 스며들어 있는 물건을 손에 넣고자 하는 유혹에 저항할 수 없었을 거라고 본다. 다른 이유도 있었겠지만…… 때가 되면 그 이유들을 너에게 보여 줄 수 있었으면 좋겠구나. 이제는 내가 너에게 보여 줄 마지막 기억만 남았다. 최소한 네가 슬러그혼 교수에게서 기억을 끄집어내는 데 성공하기 전까지는 말이지. 호키의 기억과 이 기억 사이에는 10년이라는 세월이 가로놓여 있단다. 그 10년 동안 볼드모트 경이 무엇을 했는지는 추측만 할 수 있을 뿐이지."

덤블도어가 마지막 기억을 펜시브에 붓자 해리는 다시 한 번 일어섰다.

"누구의 기억인가요?" 그가 물었다.

"내 기억이다." 덤블도어가 말했다.

해리는 덤블도어를 따라 출렁이는 은빛 물질 속으로 뛰어들어 방금 떠나온 바로 그 연구실에 내려섰다. 횃대에는 폭스가 기분 좋게 잠들어 있었고 책상 뒤 의자에 덤블도어가 앉아 있었다. 해리 곁에 서 있는 덤블도어와 아주 비슷한 모습이었지만 두 손은 상처 하나 없이 온전한 상태였으며 얼굴의 주름도 조금 적었다. 현재의 연구실과 이 연구실 사이에 다른 점이 단 하나 있다면 과거에는 눈이 내리고 있다는 사실이었다. 어둠 속에서 푸르스름한 눈송이들이 창밖에 흩날리다가 바깥 창틀에 쌓여 갔다.

지금보다 젊은 덤블도어는 뭔가를 기다리는 듯했다. 아니나 다를까, 그들이 도착하고 얼마 지나지 않아 문 두드리는 소리가 들렸다. "들어오너라."

해리는 헉 소리가 터져 나오려는 것을 얼른 막았다. 볼드모트가 연구실에 들어온 것이다. 그의 모습은 해리가 거의 2년 전에 봤던, 돌로 만들어진 거대한 솥단지에서 나오던 그 모습은 아니었다. 이목구비는 뱀 같지 않았고 눈은 아직 짙은 붉은색이 아니었으며 얼굴도 가면 같지 않았다. 그렇지만 잘생긴 톰 리들의 모습은 어디에도 없었다. 마치 이목구비가 불에 타서 뭉개진 것 같았다. 밀랍을 입힌 것 같은 눈 코 입은 이상하게 뒤틀려 있었으며, 눈의 흰자위에는 영원히 사라지지 않을 것 같은 핏발이 서 있었다. 아직은 아니었지만 해리는 그 눈의 동공이 쭉 째진 실금처럼 변하리라는 사실을 알고 있었다. 볼드모트는 검은색 긴 망토를 입고 있었고, 얼굴은 그의 어깨에서 반짝이는 눈송이처럼 창백했다.

책상 뒤 의자에 앉아 있는 덤블도어는 전혀 놀란 기색을 보이지 않았다. 미리 약속된 방문임이 틀림없었다.

"잘 지냈니, 톰." 덤블도어가 평온하게 말했다. "앉으려무나."

"고맙습니다." 볼드모트가 말하더니 덤블도어가 손짓한 의자에 앉았다. 보아하니 해리가 방금 현재 시간에서 떠나온 바로 그 자리인 것 같았다. "교장이 되셨다고 들었습니다." 그가 말했다. 목소리는 예전보다 약간 높고 차가워져 있었다. "훌륭한 선택이군요."

"그렇게 말해 주니 기쁘구나." 덤블도어가 미소 지으며 말했다. "마실 것 한 잔 어떠냐?"

"주시면 기꺼이 마시겠습니다." 볼드모트가 말했다. "먼 길을 왔거든요."

덤블도어가 자리에서 일어나 지금은 펜시브가 보관되어 있는 캐비닛으로 빠르게 걸어갔다. 당시의 캐비닛은 유리병으로 가득 차 있었다. 덤블도어는 볼드모트에게 와인 잔을 건네고 자기 것도 한 잔 따른 다음 책상 뒤로 돌아갔다.

"그래, 톰…… 무슨 일로 이렇게 찾아온 거냐?"

볼드모트는 바로 대답하지 않고 단지 와인만 홀짝였다.

"사람들은 더 이상 저를 '톰'이라고 부르지 않습니다." 그가 말했다. "요즘은 저를……."

"다들 널 뭐라고 부르는지는 알고 있다." 덤블도어가 기분 좋게 미소 지으며 말했다. "그러나 미안하지만 나에게 넌 언제나 톰 리들일 게다. 유감스럽지만 자기가 맡았던 학생들의 어린 시절 첫 모습을 절대 잊지 않는다는 게 늙은 선생들의 고질병 중 하나거든."

덤블도어는 건배하듯 볼드모트를 향해 잔을 들었지만 볼드모트는 여전히 무표정했다. 그러나 해리는 방 안의 공기가 미묘하게 달라진 것을 느꼈다. 볼드모트가 선택한 이름을 사용하길 거부하는 것은 볼드모트가 이 만남을 좌우하게 두지 않겠다는 뜻이었고 해리는 볼드모트도 그렇게 받아들였다는 것을 알 수 있었다.

"여기에 이토록 오래 남아 계시다니 놀랍군요." 잠시 침묵이 흐른 뒤 볼드모트가 말했다. "당신 같은 마법사가 왜 학교를 떠나고 싶어 하지 않는지 예전부터 궁금했습니다."

"글쎄." 덤블도어가 여전히 미소를 머금고 말했다. "나 같은 마법사한테는 젊은이들에게 오랜 기술들을 전수하고 그들이 정신을 연마하는 데 도움을 주는 일보다 중요한 게 없단다. 내 기억이 맞다면 너도 전에는 가르치는 일에 끌렸던 것 같은데."

"지금도 그렇습니다." 볼드모트가 말했다. "저는 단지 당신이 왜…… 정부에서 숱하게 조언을 청하고, 제가 알기로는 두 번이나 총리직을 제안받았던 분이……."

"사실, 다 해서 세 번이었다." 덤블도어가 말했다. "하지만 나는 결코 정부라는 직장에 끌리지 않더구나. 나는 이 역시 우리의 공통점이라고 생각한다."

볼드모트는 미소를 짓지도 않고 고개를 기울여 와인만 한 모금 홀짝였다. 덤블도어는 이제 둘 사이에 펼쳐진 침묵을 끊지 않고 유쾌한 기대감이 실린 표정으로 볼드모트가 먼저 입을 열기를 기다렸다.

잠시 후 볼드모트가 말했다. "제가 아마 디핏 교수님이 예상하신 것보다 늦게 돌아온 모양입니다……. 어쨌든 저는 디핏 교수님께서 제가 너무 어려서 안 된다고 말씀하셨던 그 일에 다시 지원하러 돌아왔습니다. 이 성에 돌아와 학생들을 가르칠 수 있도록 허락해 달라는 부탁을 드리려고요. 교장 선생님께서도 제가 호그와트를 떠난 이후로 많은 것을 보고, 또 이루어 냈다는 사실을 틀림없이 아실 겁니다. 저는 학생들에게 다른 어떤 마법사에게서도 얻을 수 없는 것들을 보여 주고 알려 줄 수 있습니다."

덤블도어는 잔 너머로 잠시 볼드모트를 지켜보다가 입을 열었다.

"그래, 네가 우리를 떠난 이후로 많은 것을 보고 많은 일을 했다는 건 확실히 알고 있다." 그가 조용히 말했다. "네가 한 일에 대한 소문이 모교에까지 닿았단다, 톰. 그중 절

반은 안타까운 소식이었지만."

볼드모트는 여전히 태연한 표정으로 이렇게 말했다. "위대함은 질투를 불러일으키고 질투는 적의를 낳으며 적의는 거짓을 만들어 내지요. 당신도 잘 아실 텐데요."

"너는 네가 해 온 일들을 '위대하다'고 부르는 모양이구나." 덤블도어가 조심스럽게 물었다.

"물론입니다." 볼드모트가 말했다. 두 눈이 빨갛게 불타오르는 듯했다. "저는 실험을 해 왔습니다. 마법의 한계를, 아마도 지금껏 누구도 하지 못한 데까지 밀어붙였지요."

"일부 마법의 한계겠지." 덤블도어가 조용히 그의 말을 정정했다. "일부 마법 말이다. 그러나 그 외의 마법에 관해서라면 너는…… 이렇게 말하는 걸 용서해 다오……. 여전히 불행할 정도로 무지하다."

처음으로 볼드모트가 미소 지었다. 격한 분노보다 위협적인, 긴장감이 감돌고 음흉하면서도 사악한 표정이었다.

"해묵은 논쟁이군요." 그가 부드럽게 말했다. "하지만 세상을 아무리 둘러봐도 사랑이 제가 선호하는 어떤 마법보다 강력하다는 당신의 유명한 주장을 뒷받침할 만한 것은 없더군요."

"아마 엉뚱한 곳을 찾아봤겠지." 덤블도어가 말했다.

"글쎄요. 그렇다면 새롭게 조사를 시작하기에 여기, 호그와트보다 나은 곳이 어디 있겠습니까?" 볼드모트가 말했다. "제가 돌아오도록 허락해 주시겠습니까? 제가 학생들과 지식을 나누도록 해 주실 건가요? 저 자신도, 제가 가진 재능도 마음대로 쓰세요. 저는 당신의 지시에 따르겠습니다."

덤블도어는 눈썹을 치켜떴다.

"그럼 *네가* 지시를 내리고 있는 사람들은 어떻게 되는 거냐? 소문에 따르면, 스스로를 '죽음을 먹는 자들'이라고 부르는 사람들은 어떻게 되지?"

볼드모트는 덤블도어가 그 이름을 알 거라고는 예상하지 못한 게 분명했다. 그의 눈이 다시 붉게 번뜩이고 쭉 째진 듯한 콧구멍이 벌름거리는 것이 보였다.

"제 친구들은……." 찰나의 침묵이 흐른 뒤 그가 말했다. "저 없이도 잘할 거라고 확신합니다."

"네가 그 사람들을 친구라고 여긴다는 얘기를 들으니 기쁘구나." 덤블도어가 말했다. "나는 그들이 하인에 더 가깝다는 인상을 받았다."

"잘못 아신 겁니다." 볼드모트가 말했다.

"그럼 오늘 밤 내가 호그스 헤드에 가더라도 네가 돌아오기만 기다리고 있는 그 애들, 그러니까 노트와 로지어, 물키베르, 돌로호프를 보진 못하겠구나. 네가 교수 자리를 얻을 수 있도록 행운을 빌어 주겠다고 눈 내리는 밤에 너와 함께 이 먼 곳까지 오다니 정말이지 헌신적인 친구들이다."

자기가 누구랑 왔는지 덤블도어가 그토록 자세히 알고 있다는 사실이 볼드모트에게는 전혀 달갑지 않은 게 틀림없었다. 하지만 그는 즉시 원래의 태도를 되찾았다.

"언제나 그렇듯 모든 걸 알고 계시는군요, 덤블도어."

"아, 그럴 리가. 단지 동네 바텐더와 친하게 지낼 뿐이다." 덤블도어가 가볍게 말했다. "자, 톰……."

덤블도어는 빈 유리잔을 내려놓고 의자에서 몸을 일으켰다. 그러고는 특유의 버릇대로 손가락 끝을 한데 모았다.

"……터놓고 얘기해 보자. 너도 나도, 네가 호그와트 교수 자리를 바라지 않는다는 건 알고 있다. 그런데도 오늘 밤 네가 심복들을 데리고 그 일자리를 얻으러 온 이유는 무엇이냐?"

볼드모트는 깜짝 놀란 표정을 지었다.

"원하지 않는다뇨? 그 반대입니다, 덤블도어. 저는 그 자리를 무척 원하고 있습니다."

"아아, 너는 호그와트로 돌아오고 싶어 할 뿐, 열여덟 살

때와 마찬가지로 학생들을 가르치고 싶어 하는 게 아니다. 네가 하려는 일이 무엇이냐, 톰? 한 번쯤은 솔직하게 부탁해 보는 게 어떨까?"

볼드모트가 코웃음 쳤다.

"저한테 일자리를 주기 싫으시다면……."

"물론 싫다." 덤블도어가 말했다. "너도 내가 너에게 일자리를 주고 싶어 할 거라고는 단 한 순간도 예상하지 않았을 게다. 한데도 너는 여기에 왔고 부탁을 했지. 어떤 목적이 있는 게 틀림없다."

볼드모트는 자리에서 일어섰다. 얼굴에 분노가 가득한 것이, 어느 때보다 톰 리들답지 않은 모습이었다.

"이게 최종 답변입니까?"

"그래." 덤블도어도 일어섰다.

"그럼 서로에게 할 말은 더 없겠군요."

"그래, 없다." 덤블도어가 말했다. 엄청난 슬픔이 그의 얼굴을 가득 채웠다. "옷장을 불태워서 겁을 주고 네가 저지른 잘못을 억지로 사과하게 만들 수 있던 시절은 오래전에 끝났다. 하지만 지금도 그럴 수 있었으면 좋겠구나, 톰……. 그럴 수 있었으면 좋겠어……."

아주 잠깐, 해리는 아무 의미가 없다는 것을 알면서도

소리쳐 경고할 뻔했다. 분명 볼드모트의 손이 주머니 속 마법 지팡이를 향해 움찔하는 것 같았다. 하지만 그 순간은 지나갔고 볼드모트는 몸을 돌렸다. 문이 닫히고 그는 가 버렸다.

해리는 덤블도어가 다시 팔을 잡는 것을 느꼈다. 잠시 후 그들은 기억 속에서와 거의 같은 자리에 나란히 서 있었다. 다만 창틀에는 눈이 쌓여 있지 않았고, 덤블도어의 손은 또다시 꺼멓게 죽은 것 같은 모습이 되어 있었다.

"왜죠?" 해리가 곧바로 덤블도어의 얼굴을 올려다보며 물었다. "왜 돌아온 거죠? 이유를 알아내셨나요?"

"짐작 가는 건 몇 가지 있다." 덤블도어가 말했다. "하지만 그뿐이야."

"뭔데요, 교수님?"

"슬러그혼 교수에게서 기억을 얻어 내면 말해 주마, 해리." 덤블도어가 말했다. "네가 퍼즐의 마지막 조각을 찾으면, 내 바람이다만 모든 것이 확실해질 게다……. 우리 둘 모두에게 말이야."

해리의 마음속에서 여전히 호기심이 끓어올랐다. 덤블도어가 걸어가 문을 열어 줬는데도 그는 바로 움직이지 않았다.

"다시 어둠의 마법 방어법 교수 자리를 노린 건가요, 교수님? 특별히 어느 과목을 가르치고 싶다는 말은 안 했는데……."

"아, 물론 어둠의 마법 방어법 교수 자리를 원했다." 덤블도어가 말했다. "그때의 만남이 남긴 여파가 그 점을 증명해 주지. 내가 볼드모트 경을 거절한 이래로 호그와트에서 어둠의 마법 방어법 교수가 1년을 넘겼던 적은 단 한 번도 없거든."

21장
알수없는방

다음 주 내내 해리는 슬러그혼이 진짜 기억을 넘기도록
설득할 방법을 찾아 머릿속을 뒤졌지만 묘안 같은 것은 하
나도 떠오르지 않았다. 그는 예전에도 여러 번 그랬듯이 혼
혈 왕자가 책 여백에 유용한 메모를 써 놓았을 거라 기대하
며 마법약 책만 열심히 읽었다. 요즘은 어쩔 줄 모르는 상
황이 될 때마다 이런 행동을 하는 일이 점점 늘어났다.

"그 책에서는 아무것도 못 찾을걸." 늦은 일요일 저녁,
헤르미온느가 단호하게 말했다.

"또 시작이구나, 헤르미온느." 해리가 말했다. "혼혈 왕자
가 아니었으면 론은 지금 여기 앉아 있지도 못했을 거야."

"네가 1학년 때 스네이프 수업만 잘 들었어도 앉아 있었

을 거야." 헤르미온느가 해리의 말을 일축했다.

해리는 그녀의 말을 못 들은 체했다. 그는 방금 '적에게 사용'이라는 흥미로운 단어 위 여백에 휘갈겨 써 있는 주문(섹튬셈프라!)을 발견한 터였고 그걸 한번 써 보고 싶어 좀이 쑤셨지만, 헤르미온느 앞에서는 그러지 않는 게 좋을 것 같아서 대신 몰래 페이지 한 귀퉁이를 접어 두었다.

그들은 휴게실 벽난로 앞에 앉아 있었다. 아직도 깨어 있는 사람은 동료 6학년들뿐이었다. 조금 전 저녁 식사를 마치고 돌아온 아이들은 게시판에 붙은 새 공고문을 보고 잔뜩 흥분한 상태였다. 순간이동 시험 날짜를 알리는 공고문이었던 것이다. 첫 시험 날인 4월 21일 이전이나 그 당일에 17세가 되는 학생들은 호그스미드에서(삼엄한 통제하에 이루어지는) 보충 연습을 신청할 수 있었다.

론은 이 공고문을 읽고 제정신이 아니었다. 그는 아직도 순간이동을 하지 못했기 때문에 과연 시험을 치를 수 있을지 두려워했다. 이제까지 순간이동을 두 번 성공한 헤르미온느는 조금 더 자신감을 갖고 있었지만, 4개월이 더 지나야 17세가 되는 해리는 준비가 돼 있든 어쨌든 시험을 볼수 없었다.

"그래도 넌 순간이동을 할 수 있잖아!" 신경이 날카로워진 론이 말했다. "7월이 되면 넌 아무 문제 없을 거라고!"

"한 번밖에 못 해 봤는데 뭐." 해리가 그에게 상기시켰다. 그는 마침내 지난번 수업에서 사라졌다가 고리 안에 다시 나타나는 데 성공했다.

순간이동에 대한 걱정을 늘어놓느라 엄청난 시간을 낭비한 론은 이제 해리와 헤르미온느는 이미 마친, 악랄할 정도로 어려운 스네이프의 작문 숙제를 하느라 낑낑대고 있었다. 해리는 디멘터들을 처리하는 가장 좋은 방법과 관련해서 스네이프와 의견이 달랐으므로 낮은 점수를 받을 게 확실했지만 상관없었다. 지금 가장 중요한 문제는 슬러그혼에게서 기억을 끌어내는 것이었다.

"확실히 말하는데, 이 문제에서는 그 멍청한 혼혈 왕자도 널 도울 수 없을 거야, 해리!" 헤르미온느가 더욱 소리 높여 말했다. "다른 사람에게 네가 원하는 일을 억지로 시키는 방법은 하나뿐이야. 임페리우스 저주 말이지. 그건 불법이고……."

"그래, 나도 알아. 고맙다." 해리는 책에서 눈도 들지 않고 말했다. "그래서 다른 걸 찾고 있잖아. 덤블도어 교수님은 베리타세룸도 통하지 않을 거랬지만 다른 게 있을지도 몰라. 마법약이든 주문이든……."

"넌 엉뚱한 방향으로 접근하고 있어." 헤르미온느가 말했다. "너만이 그 기억을 얻을 수 있을 거라고 덤블도어 교수님이 그랬잖아. 그 말은, 다른 사람들한테는 불가능한 방식으로 네가 슬러그혼 교수님을 설득할 수 있다는 뜻이야. 슬러그혼 교수님에게 몰래 마법약을 먹이는 그런 문제가 아니라고. 그건 아무나 할 수 있는……."

"'벌리저런트'의 스펠링이 뭐지?" 양피지를 뚫어져라 보고 있던 론이 깃펜을 마구 흔들면서 말했다. "B-U-M은 아닐 텐데……."

"당연히 아니지." 헤르미온느가 론의 작문 숙제를 끌어당기며 말했다. "그리고 '오규리'도 O-R-G로 시작하지 않아. 대체 어떤 깃펜을 쓰고 있는 거야?"

"프레드랑 조지의 맞춤법 확인 깃펜인데…… 마법 효과가 다 되어 가나 봐……."

"틀림없이 그런가 보네." 헤르미온느가 론의 작문 숙제 제목을 가리키며 말했다. "'더그보그'가 아니라 '디멘터'를 처치하는 방법을 쓰는 게 숙제였고, 네가 이름을 언제 '루닐 와즐립'이라고 바꿨는지도 기억 안 나니까."

"아, 이런!" 론이 겁에 질려서 양피지를 바라보며 말했다. "이거 처음부터 끝까지 다시 써야 하는 건 아니겠지!"

"괜찮아, 고칠 수 있어." 헤르미온느가 작문 숙제를 더욱 가까이 끌어당기고 마법 지팡이를 꺼내며 말했다.

"사랑해, 헤르미온느." 론이 의자에 다시 주저앉아 지친 듯 눈을 비비며 말했다.

헤르미온느는 희미하게 얼굴을 붉혔지만 그냥 이렇게만 말했다. "라벤더가 그 말 못 듣게 해라."

"그래야지." 론이 두 손에 얼굴을 파묻고 말했다. "아니, 듣게 해야 할지도 모르겠어……. 그럼 걔가 날 차 버릴 테 니까……."

"끝내고 싶으면 네가 차지 그래?" 해리가 물었다.

"너 아직 누구 차 본 적 없지?" 론이 말했다. "너랑 초는 그냥……."

"그냥 멀어졌지. 맞아." 해리가 말했다.

"나랑 라벤더도 그렇게 됐으면 좋겠다." 론은 우울하게 말하며, 헤르미온느가 말없이 철자가 틀린 단어들을 마법 지팡이 끝으로 하나하나 두드리는 모습을 지켜보았다. 양 피지 위의 단어들이 저절로 고쳐졌다. "근데 끝내고 싶다 는 티를 낼수록 걔가 더 찰싹 달라붙어. 꼭 대왕오징어랑 사귀는 것 같아."

"자." 20분쯤 후 헤르미온느가 론의 작문 숙제를 돌려주었다.

"진짜 진짜 고마워." 론이 말했다. "결론 쓸 때 네 깃펜 좀 빌려줄래?"

지금까지 혼혈 왕자의 필기에서 쓸 만한 것을 전혀 찾지 못한 해리는 주위를 둘러보았다. 셰이머스가 막 스네이프와 그가 낸 작문 숙제에 욕설을 퍼부으며 침실로 올라간 지금, 휴게실에 남아 있는 사람은 그들 셋뿐이었다. 들리는 것이라고는 불이 타닥거리는 소리와 론이 헤르미온느의 깃펜으로 디멘터에 관한 마지막 문단을 찍찍 긋는 소리뿐이었다. 해리가 막 하품을 하며 혼혈 왕자의 책을 덮으려는데⋯⋯

펑.

헤르미온느가 작은 비명을 내질렀다. 론은 작문 숙제에 온통 잉크를 쏟았다. 해리가 소리쳤다. "크리처!"

집요정이 깊숙이 허리를 숙이며 여기저기 튀어나온 자신의 발가락에 대고 말했다.

"주인님께서 어린 말포이가 뭘 하고 있는지 정기적으로 보고하기를 원한다고 하셔서 크리처가 알려 드리러 왔⋯⋯."

펑.

도비가 찻주전자 덮개를 머리에 비뚜름하게 쓰고 크리처 옆에 나타났다.

"도비도 돕고 있었어요, 해리 포터!" 그는 크리처에게 분노에 찬 눈길을 던지며 꽥꽥거렸다. "크리처는 해리 포터를 만나러 올 때 도비한테 말해 줘야 해요. 그래야 같이 보고를 할 수 있으니까요!"

"뭐야?" 헤르미온느가 이 갑작스러운 등장에 여전히 충격을 받은 얼굴로 물었다. "무슨 일이야, 해리?"

해리는 망설인 끝에 대답했다. 헤르미온느한테는 크리처와 도비를 시켜 말포이를 미행하도록 했다는 얘기를 하지 않았던 것이다. 그녀에게 집요정은 항상 너무도 예민한 주제였다.

"그게…… 얘들이 나 대신 말포이를 따라다니고 있었어." 그가 말했다.

"하루 종일 말입죠." 크리처가 쉰 목소리로 말했다.

"도비는 1주일 동안 잠도 안 잤어요, 해리 포터!" 도비가 서 있는 자리에서 비틀거리며 자랑스럽게 말했다.

헤르미온느는 화가 머리끝까지 난 표정이었다.

"잠을 안 잤다고요, 도비? 하지만 해리, 네가 자지 말라고 말한 건 당연히 아니……."

"아냐, 당연히 아니지." 해리가 서둘러 말했다. "도비, 자도 돼. 알았지? 근데 너희 둘, 뭐라도 좀 찾았어?" 그는 헤르미온느가 다시 끼어들기 전에 황급히 물었다.

"말포이 주인님은 순수 혈통에 어울리는 고귀한 행동만 하고 계십니다요." 크리처가 곧바로 꺽꺽거리듯 말했다. "그분의 이목구비는 마님의 섬세한 골격을 떠올리게 하고, 그분의 태도는……."

"드레이코 말포이는 나쁜 아이예요!" 도비가 화를 내며 새된 소리를 내질렀다. "나쁜 아이예요, 말포이는…… 말포이는……."

도비는 찻주전자 덮개에 달린 장식 술에서부터 양말을 신은 발가락 끝까지 온몸을 부르르 떨더니 불 속으로 뛰어들 것처럼 벽난로를 향해 달려갔다. 전혀 뜻밖의 일은 아니었기에 해리는 도비의 허리를 낚아채 꽉 붙잡을 수 있었다. 도비는 잠시 몸부림을 치다가 축 늘어졌다.

"고맙습니다, 해리 포터." 그가 헐떡였다. "도비는 아직도 옛 주인에 대해 나쁜 말을 하는 게 어려워요……."

해리는 도비를 놓아주었다. 도비는 찻주전자 덮개를 바로잡더니 도전하듯 크리처에게 말했다. "하지만 크리처는 드레이코 말포이가 집요정에게 좋은 주인이 아니라는 걸 알아야만 해요!"

"그래, 말포이에 대한 네 사랑 타령은 필요 없어." 해리가 크리처에게 말했다. "걔가 어디에 갔는지나 빨리 말해 봐."

크리처는 잔뜩 화가 난 표정으로 다시 허리를 숙이더니 입을 열었다. "말포이 주인님은 대연회장에서 식사를 하시고, 지하 감옥의 침실에서 주무시고, 다양한 수업에 참석하시며……."

"도비, 네가 말해 봐." 해리가 크리처의 말을 자르고 도비에게 말했다. "걔가 어디든 가면 안 되는 곳에 갔었어?"

"해리 포터." 도비가 크고 동그란 눈을 불빛에 반짝이며 새된 소리로 말했다. "어린 말포이는 도비가 아는 한 아무 규칙도 어기지 않았지만, 그래도 눈에 띄지 않으려고 조심하고 있어요. 다양한 학생들과 8층을 정기적으로 방문했는데, 그 학생들이 망을 보는 동안에 어린 말포이가 들어간 곳은……."

"필요의 방이구나!" 해리가 《고급 마법약 제조》로 자기 이마를 세게 치면서 말했다. 헤르미온느와 론은 그런 그를 빤히 바라보았다. "몰래 가던 데가 거기였어! 거기서 걔가…… 뭔가 하고 있는 거야! 확실해, 그래서 걔가 지도에서 사라졌던 거야. 생각해 보니까 필요의 방이 지도에 나타났던 적은 한 번도 없어!"

"우리의 도둑들은 그 방의 존재를 전혀 몰랐을 수도 있지." 론이 말했다.

"내 생각에는 그게 필요의 방에 걸려 있는 마법일 거야." 헤르미온느가 말했다. "필요하다면 지도에 표시되지 않게 하는 거지."

"도비, 안에 들어가서 말포이가 뭘 하고 있는지 봤어?" 해리가 기대에 차서 물었다.

"아뇨, 해리 포터. 그건 불가능해요." 도비가 말했다.

"아냐, 불가능하지 않아." 해리가 즉시 말했다. "말포이가 작년에 우리 D.A. 본부에 들어왔으니까 나도 들어가서 걔가 무슨 짓을 하는지 몰래 볼 수 있을 거야. 문제없어."

"그건 안 될 것 같아, 해리." 헤르미온느가 천천히 말했다. "말포이는 우리가 그 방을 어떻게 썼는지 정확히 알고 있었잖아? 그 멍청한 매리에타가 정보를 줬으니까. 말포이는 필요의 방이 D.A. 본부가 되기를 바랐고, 그래서 그렇게 된 거야. 하지만 너는 말포이가 필요의 방에 들어갈 때 그 방이 뭘로 변하는지 모르잖아. 달리 말하면, 필요의 방한테 뭘로 변해 달라고 부탁해야 할지 모른다는 거지."

"해결할 방법이 있을 거야." 해리가 그녀의 말을 일축하며 말했다. "멋지게 해냈구나, 도비."

"크리처도 잘했어요." 헤르미온느가 친절하게 말했지만, 크리처는 고마운 표정을 짓기는커녕 핏발이 선 큼직한 눈을 돌리며 천장에 대고 쉰 목소리로 주절댔다. "머드블러드가 크리처에게 말을 걸다니, 크리처는 안 들리는 척해야 겠어……."

"꺼져." 해리가 쏘아붙이자 크리처는 마지막으로 허리를 깊숙이 숙이더니 순간이동으로 사라졌다. "너도 가서 좀 자야겠다, 도비."

"고맙습니다, 해리 포터!" 도비가 기분 좋게 꽥꽥대더니 마찬가지로 사라졌다.

"정말 잘됐어." 휴게실에서 집요정들이 사라지자마자 해리는 론과 헤르미온느를 돌아보며 들뜬 목소리로 말했다. "말포이가 어디에 가는지 알았어! 이제 그 자식은 궁지에 몰린 거야!"

"그래, 잘됐네." 론이 침울하게 말했다. 그는 방금까지 거의 완성했던 작문 숙제를 흠뻑 적신 잉크를 닦아 내려 애쓰고 있었다. 헤르미온느가 그 숙제를 끌어당겨 마법 지팡이로 잉크를 빨아들이기 시작했다.

"그런데 '다양한 학생들'하고 같이 간다는 건 무슨 뜻일까?" 헤르미온느가 물었다. "얼마나 많은 사람들을 끌어들인 거지? 말포이가 그렇게 많은 사람을 믿고 자기 계획을 드러내진 않았을 텐데⋯⋯."

"그래, 그건 이상하다." 해리가 얼굴을 찌푸렸다. "걔가 크래브한테 네가 신경 쓸 바 아니라고 하는 말을 들었거든⋯⋯. 그럼 대체 뭐라고 설명하는 거지? 이 모든⋯⋯."

해리의 목소리가 점차 줄어들었다. 그는 벽난로를 뚫어지게 바라보고 있었다.

"세상에, 이렇게 멍청할 수가." 그가 조용히 말했다. "뻔하잖아? 저 아래 지하 감옥에는 그게 담긴 큰 통이 있었어⋯⋯. 수업 시간에 언제든 슬쩍할 수 있었을 거야⋯⋯."

"뭘 슬쩍해?" 론이 물었다.

"폴리주스 마법약. 말포이는 슬러그혼 교수님이 첫 마법약 수업 시간에 우리한테 보여 준 폴리주스 마법약을 훔친 거야⋯⋯. 여러 학생이 말포이를 위해 망을 봤던 게 아니었어⋯⋯. 평소처럼 그냥 크래브랑 고일이었던 거지. 그래, 다 말이 돼!" 해리가 자리에서 벌떡 일어나 벽난로 앞을 서성이며 말했다. "걔들은 말포이가 뭘 꾸미고 있는지 굳이 말해 주지 않더라도 시키는 대로 할 만큼 멍청하잖아⋯⋯. 하지만 말포이는 걔들이 필요의 방 앞에서 서성거

리는 모습이 눈에 띄기를 바라지 않았어. 그래서 걔들한
테 폴리주스를 마시게 하고 다른 사람처럼 보이게 만든 거
지……. 말포이가 퀴디치 시합을 보러 가지 않은 날 걔랑
같이 있던 여자애들 말이야. 하! 걔들도 크래브랑 고일이
었던 거야!"

"그러니까 네 말은……." 헤르미온느가 숨죽인 목소리로
말했다. "내가 저울을 고쳐 준 그 여자애도……?"

"그래, 당연하지!" 해리가 그녀를 바라보며 큰 소리로 말
했다. "뻔해! 말포이는 그때 필요의 방 안에 있었던 게 틀
림없어. 그래서 그 여자애가…… 아, 내가 무슨 소리를 하
는 거야? 크래브 아니면 고일이 저울을 떨어뜨려서 말포이
한테 나오지 말라고 알려 준 거지. 밖에 누가 있다고! 그리
고 두꺼비 알을 떨어뜨린 여자애도 있었잖아! 우리는 내내
걔를 지나쳐 걸어 다니면서도 몰랐던 거야!"

"말포이가 크래브랑 고일을 여자로 변신시키고 있다
고?" 론이 시끄럽게 웃음을 터뜨렸다. "젠장…… 요즘 걔
들 표정이 안 좋더라니 그럴 만하네. 말포이한테 당장 집
어치우라고 안 하는 게 놀랍다."

"뭐, 그러지 못하는 거겠지. 말포이가 어둠의 징표를 보
여 줬다면 말이야." 해리가 말했다.

"흠…… 말포이한테 어둠의 징표가 있는지 없는지는 아직 모르는 일이야." 헤르미온느가 회의적으로 말하며, 어느새 마른 론의 작문 숙제가 또 상하기 전에 돌돌 말아서 론에게 건넸다.

"두고 보면 알겠지." 해리가 확신을 담아서 말했다.

"그래, 두고 보면 알겠지." 헤르미온느는 그렇게 말하며 자리에서 일어나 기지개를 켰다. "하지만 해리, 흥분하기는 너무 일러. 난 아직도 거기에 뭐가 있는지 알아내기 전에는 네가 필요의 방에 들어갈 수 없을 거라고 봐. 그리고 슬러그혼 교수님한테서 그 기억을 얻는 데 집중해야 한다는 것도 잊으면 안 돼." 그녀는 어깨에 가방을 걸치며 아주 진지한 눈길을 던졌다. "잘 자."

해리는 살짝 기분이 상해서 헤르미온느가 떠나는 모습을 지켜보았다. 그녀가 들어가고 여학생 기숙사로 향하는 문이 닫히자마자 그는 론을 돌아보았다.

"넌 어떻게 생각해?"

"나도 집요정처럼 순간이동을 할 수 있었으면 좋겠다." 론은 도비가 사라진 자리를 빤히 바라보며 말했다. "그러면 순간이동 시험은 따 놓은 당상일 텐데."

해리는 그날 밤 좀처럼 잠을 이루지 못했다. 말포이가

필요의 방을 어떤 용도로 사용하고 있는지, 또 다음 날 해리 자신이 필요의 방에 들어가면 무엇을 보게 될지 궁금해하면서 몇 시간씩이나 뜬눈으로 누워 있었다. 헤르미온느야 뭐라고 말하든 해리는 말포이가 D.A. 본부를 볼 수 있었다면 자기도 말포이가 사용하는 방을 볼 수 있을 거라고 확신했다. 대체 어떤 방일까? 모임 장소? 은신처? 창고? 작업실? 해리의 머리가 팽팽 돌아갔다. 마침내 잠들었을 때는 슬러그혼으로 변했다가 스네이프로 변하는 말포이의 모습이 그의 꿈을 헤집어 놓았다…….

다음 날 아침, 해리는 엄청난 기대 속에서 식사 시간을 기다렸다. 그는 어둠의 마법 방어법 수업 전까지 비어 있는 시간을 필요의 방에 들어가는 데 쓰기로 작정했다. 해리가 계획을 속삭거리는데도 헤르미온느는 대놓고 아무런 관심을 보이지 않았는데, 그녀가 마음만 먹으면 엄청난 도움을 줄 수 있을 거라고 생각했던 해리는 짜증이 치솟았다.

"야." 해리는 몸을 앞으로 기울이고 헤르미온느가 방금 올빼미에게서 받아 든 《예언자일보》에 손을 얹어 그녀가 펼쳐진 신문 뒤로 사라지지 못하게 막으며 조용히 말했다. "슬러그혼 교수님 일은 잊지 않았어. 하지만 그 기억을 어떻게 얻어 낼 수 있을지 감도 안 잡힌단 말이야. 뭔가 좋은 생각이 떠오르기 전까지 말포이가 뭘 하고 있는지 알아내면 안 되는 거야?"

"이미 말했잖아, 넌 슬러그혼 교수님을 설득해야 돼." 헤르미온느가 말했다. "속이거나 마법을 걸어서 될 일이 아니야. 그랬으면 덤블도어 교수님이 순식간에 해냈겠지. 필요의 방 앞에서 어슬렁거릴 생각 말고……." 그녀는 해리의 손에서 《예언자일보》를 홱 잡아 뺀 다음 다시 펼치고 1면을 읽기 시작했다. "슬러그혼 교수님을 찾아가서 양심에 호소해 봐."

"우리가 아는 사람이라도 나왔어……?" 헤르미온느가 헤드라인을 훑자 론이 물었다.

"응!" 헤르미온느의 말에 해리와 론은 둘 다 먹던 음식이 목에 걸렸다. "근데 괜찮아, 죽은 건 아니야. 먼덩거스야. 체포돼서 아즈카반으로 보내졌대! 절도를 저지르면서 인페리우스인 척했다나 봐……. 그리고 옥타비우스 페퍼라는 사람이 실종됐고……. 아, 정말 끔찍해. 아홉 살짜리 남자아이가 자기 할아버지, 할머니를 죽이려다가 잡혔대. 임페리우스 저주에 걸린 것으로 추정된다는데……."

그들은 침묵 속에서 아침 식사를 마쳤다. 헤르미온느는 곧바로 고대 룬문자 수업을 들으러 갔고, 론은 스네이프가 내준 디멘터 관련 작문 숙제의 결론을 마무리해야 한다며 휴게실로 향했다. 해리는 8층 복도, 트롤들에게 발레를 가르치는 바보 같은 바너버스 태피스트리 맞은편 길게 뻗은 벽으로 향했다.

해리는 텅 빈 복도를 발견하자마자 슬쩍 투명 망토를 걸쳤지만 그럴 필요는 없었다. 도착해 보니 그곳에는 아무도 없었다. 말포이가 그곳에 있을 때와 없을 때 중 어느 시점에 필요의 방에 들어갈 확률이 더 높을지는 모르겠지만, 적어도 11세 여학생인 척하는 크래브와 고일 덕분에 첫 시도에 어려움을 겪을 일은 없을 것 같았다.

해리는 필요의 방이 숨겨져 있는 곳으로 다가가면서 눈을 감았다. D.A를 하면서 필요의 방을 찾는 데 이미 숙달되어 있었으므로 뭘 해야 하는지는 알고 있었다. 그는 온 힘을 다해 생각에 집중했다. '말포이가 여기서 뭘 하고 있는지 봐야 해…… 말포이가 여기서 뭘 하고 있는지 봐야 해…… 말포이가 여기서 뭘 하고 있는지 봐야 해…….'

해리는 세 차례 문을 지나쳐 걸어간 다음 흥분으로 쿵쾅거리는 가슴을 부여잡은 채 눈을 뜨고 앞을 바라보았다. 하지만 그곳에는 조금 전처럼 텅 빈 벽만 있을 뿐이었다.

해리는 앞으로 나아가 시험 삼아 벽을 밀어 보았다. 돌

벽은 그 자리에서 꿈쩍도 하지 않았다.

"좋아." 해리가 소리 내어 말했다. "좋아…… 내가 잘못 생각한 거야……."

그는 잠깐 골똘히 생각하다가 눈을 감고 있는 힘껏 정신을 집중하며 다시 출발했다.

'말포이가 계속 몰래 찾아오는 장소를 봐야 해……. 말포이가 계속 몰래 찾아오는 장소를 봐야 해…….'

그는 이번에도 세 번 지나친 다음 기대 어린 마음에 눈을 떴다.

문은 보이지 않았다.

"아, 작작 좀 하고 나타나란 말이야." 그는 벽에 대고 짜증을 냈다. "요구 사항이 명확했잖아. 좋아, 그럼……."

그는 몇 분 동안 열심히 생각한 끝에 다시 한 번 성큼성큼 걸었다.

'네가 드레이코 말포이를 위해 변신하는 그 장소가 되어 줘…….'

해리는 서성이기를 멈춘 뒤에도 곧바로 눈을 뜨지 않았다. 그는 문이 펑 하고 나타나는 소리라도 들릴 것처럼 열심히 귀를 기울였다. 하지만 바깥 먼 곳에서 지저귀는 새소리 말고는 아무런 소리도 들리지 않았다. 그는 눈을 떴다.

문은 여전히 보이지 않았다.

해리가 욕설을 내뱉자 누군가가 비명을 질렀다. 돌아보니 1학년들이 모퉁이를 돌아서 달아나는 모습이 보였다. 유난히 입이 더러운 유령과 마주쳤다고 생각하는 것 같았다.

해리는 한 시간 내내 "드레이코 말포이가 그 방에서 무슨 짓을 하고 있는지 봐야 해"라는 의미를 갖는 문장을 생각나는 대로 다양하게 시도해 본 끝에 헤르미온느의 말이 맞을지도 모른다는 사실을 인정할 수밖에 없었다. 필요의 방은 해리에게 문을 열어 주지 않았다. 그는 답답하고 짜증스러운 마음에 투명 망토를 벗어서 가방에 쑤셔 넣으며 어둠의 마법 방어법 수업을 들으러 갔다.

"또 지각이군, 포터." 해리가 다급히 촛불이 밝혀진 교실로 들어가자 스네이프가 싸늘하게 말했다. "그리핀도르는 10점 감점이다."

해리는 론 옆에 털썩 주저앉으며 스네이프를 노려보았다. 학생 중 절반 정도가 아직도 선 채로 책을 꺼내거나 소지품을 정돈하고 있었다. 해리가 그 애들보다 그렇게 많이 늦었을 리는 없었다.

"수업 시작 전에 디멘터 작문 숙제를 제출하도록." 스네이프가 무심히 마법 지팡이를 휘두르며 말했다. 스물다섯 개의 양피지 두루마리가 공중으로 날아오르더니 그의 책상 위에 깔끔하게 쌓였다. "너희 자신을 위해서라도 이번 작문 숙제는 임페리우스 저주에 맞서는 방법에 대해 썼던 그 시시한 글보다 낫기를 바란다. 그건 읽기조차 고역이었으니까. 자, 모두 책을 펴도록. 페이지는…… 뭐지, 피니건 군?"

"교수님." 셰이머스가 말했다. "궁금한 게 있어서요. 인페리우스와 유령은 어떻게 구분하나요?《예언자일보》에 인페리우스에 관한 얘기가 실려서요."

"아니, 그런 기사는 없었다." 스네이프가 심드렁한 목소리로 말했다.

"하지만 교수님, 사람들이 말하는 걸 들었는데……."

"피니건 군, 그 기사를 실제로 읽어 봤다면 이른바 인페리우스가 먼덩거스 플레처라는 이름의 냄새 나는 좀도둑에 불과했다는 걸 알 텐데."

"난 스네이프랑 먼덩거스가 같은 편인 줄 알았는데?" 해리가 론과 헤르미온느에게 속삭였다. "먼덩거스가 체포당한 걸 언짢게 여겨야 하는 거 아냐?"

"하지만 포터는 이 문제에 할 말이 아주 많은 것 같군." 스네이프가 갑자기 교실 뒤쪽을 손가락으로 가리키며 말했다. 그의 검은 두 눈은 해리에게 붙박여 있었다. "포터에 게 인페리우스와 유령이 어떻게 다른지 물어보도록 하지."

학생 전체가 해리를 돌아보았다. 해리는 황급히 슬러그혼의 저택을 방문한 날 밤 덤블도어가 해 준 이야기를 떠올리려고 노력했다.

"어…… 그러니까…… 유령은 투명하고요……." 그가 말했다.

"아하, 아주 대단하군." 스네이프가 입가를 비틀어 올리며 그의 말을 잘랐다. "지난 6년간 네가 받은 마법 교육이 헛되지 않았다는 건 잘 알겠다, 포터. '유령은 투명하고요'라니."

팬지 파킨슨이 째지는 소리로 킥킥 웃었다. 다른 몇몇도 히죽거리고 있었다. 속이 끓어오르는 것 같았지만 해리는 심호흡을 하고 침착하게 말을 이었다. "네, 유령들은 투명하지만 인페리우스는 시체 아닌가요? 그렇기 때문에 단단하고……."

"다섯 살짜리도 그 정도 대답은 할 수 있을 거다." 스네이프가 비웃으며 말했다. "인페리우스는 어둠의 마법사가 건 주문으로 되살아난 시체다. 진정으로 살아 있는 게 아니라, 단지 그 마법사가 시키는 대로 하는 꼭두각시처럼 이

용될 뿐이지. 너희 모두 지금쯤이면 알고 있으리라 믿지만, 유령은 육체를 떠난 영혼이 이 땅에 남긴 흔적이다. ……물론, 포터가 아주 잘 설명해 주었듯이 투명하지."

"뭐, 그 둘을 구분하려고 하면 해리가 한 말이 제일 유용하겠는데요!" 론이 말했다. "어두운 골목에서 그것들과 마주치면 한 번 힐끗 보는 것만으로도 단단한지 아닌지 알 수 있을 거 아니에요. '죄송하지만, 혹시 육체를 떠난 영혼이 이 세상에 남긴 흔적이신가요?'라고 묻지는 않겠죠."

잔잔한 웃음이 일었다가 스네이프가 던진 시선에 즉시 사그라들었다.

"그리핀도르 추가로 10점 감점." 스네이프가 말했다. "너한테서 그보다 세련된 대답은 기대하지 않겠다, 로널드 위즐리. 워낙에 단단한 몸을 가진 탓에 1센티미터도 순간이동 하지 못하는 녀석이니까."

"안 돼!" 해리가 발끈하며 입을 열려고 하자 헤르미온느가 그의 팔을 꽉 움켜잡았다. "쓸데없는 짓 하지 마. 또 방과 후 징계나 받게 될 거야. 그냥 못 들은 척해!"

"이제 213페이지를 편다." 스네이프가 히죽거리는 기색을 띠고 말했다. "그리고 크루시아투스 저주에 관한 첫 두 문단을 읽도록……."

론은 수업 시간 내내 잔뜩 주눅 들어 있었다. 수업이 끝나고 종이 울리자 라벤더가 론과 해리를 쫓아와(그녀가 가까이 오자 헤르미온느는 신기하게도 시야에서 사라졌다) 론의 실력을 무시했다면서 스네이프를 격렬하게 비난했다. 하지만 그건 그저 론의 짜증만 돋우는 듯했다. 그는 해리와 함께 남학생 화장실로 둘러 가면서 그녀를 따돌렸다.

"하지만 스네이프 말이 맞아. 안 그래?" 론은 1, 2분 동안 깨진 거울을 들여다보다가 말했다. "시험 같은 거 쳐 봐야 무슨 의미가 있는지 모르겠다. 난 순간이동이 그냥 이해가 안 가."

"호그스미드에서 보충 연습을 해 보고 나서 생각해." 해리가 이성적으로 말했다. "어쨌든 그 멍청한 고리 안으로 들어가려고 애쓰는 것보다는 재미있겠지. 그때도 네가 여전히…… 음…… 생각만큼 실력이 좋아지지 않으면 시험을 미루고 여름에 나랑 같이 보면…… 머틀, 여기는 남자 화장실이야!"

유령 소녀가 그들 뒤에 있는 칸막이 변기에서 솟구쳐 나와 허공에 둥둥 떠 있었다. 그녀는 두껍고 하얀 동그란 안경 너머로 그들을 빤히 바라보았다.

"아." 그녀가 침울하게 말했다. "너희구나."

"누굴 기다리고 있었는데?" 론이 거울에 비친 그녀를 바라보며 물었다.

"아무도 아니야." 머틀은 턱에 난 여드름을 우울하게 뜯으며 말했다. "그 애가 날 보러 다시 오겠다고 하긴 했지만, 너도 날 만나러 올 거라고 했었잖아……." 그녀는 나무라는 듯한 눈으로 해리를 바라보았다. "……그런데 나는 몇 달 동안이나 널 보지 못했어. 남자애들한테는 별 기대를 해선 안 된다는 것을 배웠지."

"난 네가 여자 화장실에 사는 줄 알았는데?" 지금까지 몇 년째 그 여자 화장실을 일부러 피해 왔던 해리가 말했다.

"맞아." 그녀는 시무룩하게 어깨를 조금 으쓱하며 말했다. "그렇다고 내가 다른 곳에 가지도 못한다는 건 아냐. 네가 목욕하는 걸 가서 본 적도 있고. 기억나지?"

"생생하게." 해리가 말했다.

"하지만 그 애는 나를 좋아하는 줄 알았어." 그녀가 애처롭게 말했다. "어쩌면 너희 둘이 가면 그 애가 다시 올지도 몰라……. 우리는 공통점이 많거든……. 틀림없이 그 애도 느꼈을 거야……."

그녀는 기대감에 차서 문을 바라보았다.

"공통점이 많다는 건……." 론이 이제는 조금 즐거워하는 목소리로 말했다. "그 애도 변기 파이프에서 산다는 뜻 이야?"

"아니." 머틀이 반발하듯 말했다. 타일로 뒤덮인 낡은 욕실에 그녀의 목소리가 쩌렁쩌렁 메아리쳤다. "내 말은 그 애도 감수성이 풍부하고 사람들한테 괴롭힘을 당한다는 뜻이야. 외로운 데다 이야기 나눌 사람 하나 없지만 자신의 감정을 드러내며 우는 것을 두려워하지 않았어!"

"어떤 남자가 여기 와서 울었다고?" 해리가 궁금해져서 물었다. "어렸어?"

"신경 쓰지 마!" 머틀이 말했다. 그녀의 작고 눈물 어린 눈은 이제는 대놓고 씩 웃고 있는 론에게 고정되어 있었다. "아무한테도 말하지 않겠다고 약속했고, 난 걔 비밀을 꼭 지켜 줄 거야. 내 눈에……."

"……흙이 들어가도라고 말하려는 건 아니지?" 론이 코웃음 치며 말했다. "구정물이 들어간다면 모를까."

머틀은 분노로 울부짖으며 다시 변기로 뛰어들었다. 물이 바닥으로 흘러넘쳤다. 머틀을 괴롭히는 일이 론에게 기운을 불어넣어 준 것 같았다.

"네 말이 맞아." 그는 어깨에 다시 책가방을 둘러메며 말했다. "시험을 볼지 말지 결정하기 전에 호그스미드 보충 연습을 해 봐야겠어.”

그래서 주말이 되자 론은 열일곱 살 생일이 지나 보름 뒤에 시험을 볼 수 있는 헤르미온느를 비롯한 다른 6학년 학생들과 합류했다. 해리는 그들 모두 마을에 갈 준비를 하는 모습을 보며 부러움을 느꼈다. 호그스미드를 방문하던 일이 그리웠다. 오랜만에 맑은 하늘을 볼 수 있는, 유난히 쾌청한 봄날이기도 했다. 하지만 그는 이 시간을 이용해서 필요의 방을 또 한 번 공략해 보기로 했다.

그가 현관홀에서 론과 헤르미온느에게 이 계획을 털어놓자 헤르미온느가 말했다. “그것보다는 곧장 슬러그혼 교수님의 연구실로 가서 그 기억을 얻으려고 노력하는 게 어때?”

“나도 노력하고 있어!” 해리가 부루퉁하게 말했다. 그건 틀림없는 사실이었다. 해리는 그 주 마법약 수업이 끝날 때마다 교실에 남아 슬러그혼을 막다른 곳에 몰아넣으려 했지만, 마법약 교수가 매번 너무 급하게 지하 감옥 교실을 떠나는 바람에 붙잡을 수가 없었다. 해리는 두 번이나 그의 연구실로 가서 문을 두드렸지만 아무런 대답도 듣지 못했다. 두 번째 찾아갔을 때는 오래된 축음기에서 나오는 음악 소리가 갑자기 줄어들었다고 확신했다.

“교수님이 나랑 말하고 싶어 하지 않는단 말이야, 헤르미온느! 내가 다시 단둘이 있으려고 하면 미리 알아채고 그런 일이 벌어지게 놔두지 않아!"

"뭐, 그래도 계속해 봐야지. 안 그래?"

평소처럼 거짓말 감지기로 쿡쿡 찔러 대는 필치를 지나가기 위해 기다리던 짧은 줄이 몇 걸음 앞으로 움직이자 해리는 혹시라도 자신의 말소리가 건물 관리인의 귀에 들어갈까 봐 대답하지 않았다. 그는 론과 헤르미온느에게 행운을 빌어 준 다음 돌아서서 다시 대리석 계단을 올랐다. 헤르미온느야 뭐라고 말하든 한두 시간쯤은 필요의 방에 쏟을 작정이었다.

해리는 현관홀에서 보이지 않는 곳으로 접어들자마자 가방에서 도둑 지도와 투명 망토를 꺼냈다. 그는 몸을 감춘 채 지도를 톡톡 두드리고 중얼거렸다. "나는 못된 짓을 꾸미고 있음을 엄숙히 맹세합니다." 그런 다음 지도를 조심스럽게 훑어보았다.

일요일 아침이었으므로 대부분의 학생이 각자의 휴게실에 있었다. 그리핀도르 학생들은 탑 한 곳에, 래번클로 학생들은 또 다른 탑에, 슬리데린 학생들은 지하 감옥에, 후플푸프 학생들은 주방 근처 지하실에. 여기저기 기숙사를 벗어난 학생들이 도서관 주위나 복도를 배회하고 있었다……. 몇몇은 교정에 나가 있고…… 그곳 8층 복도에는 그레고리 고일 단 한 사람뿐이었다. 필요의 방을 나타내는 표시는 전혀 없었지만 해리는 걱정하지 않았다. 고일이 바깥을 지키고 있다면 지도에 나타났든 그렇지 않았든 간에 필요의 방은 열려 있는 것이었다. 그래서 전속력으로 계단을 올라간 해리는 그 복도로 접어드는 모퉁이에 이르러서야 속도를 늦췄다. 그는 무거운 놋쇠 저울을 들고 있는 소녀, 보름 전 헤르미온느가 매우 친절하게 도와준 적 있는 그 작은 소녀에게로 천천히 조심스럽게 다가가기 시작했다. 그리고 소녀의 바로 뒤에 이르렀을 때 허리를 깊숙이 숙이고 속삭였다. "안녕…… 너 정말 예쁘구나?"

고일은 겁을 먹고 높은 소리로 비명을 내지르더니 저울을 내던지고 전속력으로 달아났다. 그리고 저울이 와장창 박살 나는 소리가 그치기도 전에 보이지 않는 곳으로 사라져 버렸다. 해리는 웃으면서 몸을 돌리고 텅 빈 벽을 찬찬히 살펴보았다. 지금 저 벽 뒤에서는 드레이코 말포이가 누군가 반갑지 않은 사람이 바깥에 와 있다는 것을 알면서도 감히 모습을 드러내지 못하고 얼어붙은 채 서 있을 거라는 확신이 들었다. 해리는 아직 시도해 보지 않은 문구가 무엇인지 떠올려 보면서 대단히 기분 좋게 힘이 생기는 느낌을 받았다.

하지만 기대에 가득 찬 이 기분은 그리 오래가지 않았다. 30분 동안이나 말포이가 뭘 꾸미고 있는지 보여 달라는 요청을 다양한 방식으로 표현해 봤지만 벽에 문 같은 것은 나타나지 않았다. 해리는 답답해서 미칠 지경이었다. 말포이가 바로 코앞에 있을지도 모르는데, 그가 저 안에서 무엇을 하고 있는지 아주 작은 증거조차 잡을 수 없었다. 해리는 아예 인내심을 잃고 앞으로 달려가 벽을 걷어찼다.

"아얏!"

그는 발가락이 부러졌을지도 모른다고 생각했다. 발을 쥐고 한쪽 발로 깡충깡충 뛰는 바람에 그의 몸에서 투명 망토가 스르르 흘러내렸다.

"해리?"

그는 한쪽 다리로 홱 돌다가 넘어지고 말았다. 굉장히 놀랍게도 그곳에는 통스가 있었다. 그녀는 종종 이 복도를 돌아다니곤 한다는 듯한 태도로 그를 향해 걸어오는 중이었다.

"여기서 뭐 하세요?" 해리가 허둥지둥 바닥에서 일어나며 말했다. 왜 통스는 항상 그가 바닥에 넘어져 있을 때만 나타나는 걸까?

"덤블도어 교수님을 만나러 왔어." 통스가 말했다.

해리의 눈에 비친 그녀의 모습은 끔찍했다. 전보다 더 말랐고, 쥐색 머리카락은 축 늘어져 있었다.

"덤블도어 교수님 연구실은 여기가 아니에요." 해리가 말했다. "성 반대편, 가고일 석상 뒤에 있어요."

"알아." 통스가 말했다. "근데 거기 안 계셔. 또 어디 가신 게 분명해."

"그래요?" 해리는 멍든 한쪽 발을 조심조심 바닥에 내려놓으며 말했다. "저기, 혹시 덤블도어 교수님이 어디에 가시는지 아세요?"

"아니." 통스가 대답했다.

"왜 만나려고 하셨는데요?"

"딱히 만날 일이 있는 건 아니야." 통스는 분명 무의식적으로 보이는 손짓으로 로브 소매를 만지작거리며 말했다. "그냥 그분은 무슨 일이 벌어지는 건지 아실 것 같아서……. 소문을 들었거든……. 사람들이 다치고 있다는……."

"네, 알아요. 전부 신문에 났더라고요." 해리가 말했다. "어린애가 자기 할아버지와 할머니를 죽……."

"《예언자일보》는 한발 늦을 때가 많아." 통스는 해리의 말을 귀 기울여 듣는 것 같지 않았다. "최근에 기사단 사람한테서 편지 받은 적 없니?"

"이제 기사단 사람 중에서 저한테 편지를 보내는 사람은 아무도 없어요." 해리가 말했다. "시리우스가……."

그는 통스의 두 눈에 눈물이 가득 고이는 것을 보았다.

"죄송해요." 그가 어색하게 웅얼거렸다. "제 말은 그러니까…… 저도 시리우스가 보고 싶거든요……."

"뭐?" 통스는 그의 말을 듣지 못한 것처럼 멍하니 말했다. "음…… 나중에 보자, 해리……."

그녀는 불쑥 돌아서서 다시 복도를 걸어갔다. 해리는 그대로 서서 그녀의 뒷모습을 뚫어지게 바라보았다. 1분쯤 지났을까, 그는 다시 투명 망토를 뒤집어쓰고 필요의 방으로 들어가려는 노력을 시작했지만 마음은 딴 데가 있었다. 결국 허무감을 느끼게 된 그는 론, 헤르미온느가 곧 점심을 먹으러 올 거라는 생각에 그만 포기하고, 말포이가 너무 겁에 질려 앞으로 몇 시간 동안은 밖으로 나오지 못하길 바라며 그 복도를 떠났다.

그는 대연회장에서 론과 헤르미온느를 만났다. 두 사람은 이미 이른 점심을 반쯤 먹은 뒤였다.

"해냈어. 뭐, 어쨌든 비슷하게!" 론이 해리를 보더니 들뜬 목소리로 말했다. "푸디풋 부인의 찻집 앞으로 순간이 동을 해야 했는데 조금 더 가서 스크리븐샤프트의 깃펜 가게 앞에 나타나긴 했지만 적어도 이동하긴 했어!"

"잘했네." 해리가 말했다. "넌 어땠어, 헤르미온느?"

"아, 쟤야 당연히 완벽했지." 헤르미온느가 대답할 새도 없이 론이 말했다. "신중함(deliberation)과 예언(divination)과 절박함(desperation)…… 아니, 3D가 그게 아니었나? 아무튼 완벽했어. 끝나고 나서 다들 스리 브룸스틱스에 가볍게 한잔하러 갔는데 트와이크로스가 헤르미온느에 대해 계속 뭐라고 떠들어 댔는지 너도 들었어야 해. 헤르미온느한테 당장 청혼이라도 할 기세더라."

"넌 어땠어?" 헤르미온느가 론의 말을 못 들은 체하고 물었다. "내내 필요의 방 앞에 가 있었던 거야?"

"응." 해리가 대답했다. "거기서 누굴 만났는지 알아? 통스야!"

"통스?" 론과 헤르미온느가 놀란 표정으로 동시에 되물었다.

"응, 덤블도어 교수님을 만나러 왔다더라."

"내 생각인데" 하고, 해리가 통스와 나눴던 대화를 다 전해 주자마자 론이 말했다. "통스는 약간 무너져 내리고 있는 것 같아. 정부에서 그런 일이 있고 나서 주눅이 든 거지."

"좀 이상하다." 어쩐지 아주 걱정스러운 표정을 짓고 있던 헤르미온느가 말했다. "통스는 학교를 지키는 임무를 맡고 있는데, 왜 갑자기 자기 자리를 비우면서까지 덤블도어 교수님을 찾아왔을까? 게다가 교수님은 지금 학교에 계시지도 않은데."

"생각나는 게 있긴 한데." 해리가 머뭇거리며 입을 열었다. 이 생각을 소리 내서 이야기하는 것이 이상하게 느껴졌기 때문이다. 이런 얘기는 해리 자신보다는 헤르미온느의 소관에 훨씬 가까웠다. "설마 통스가 혹시…… 그러니까…… 시리우스와 사랑하는 사이였던 건 아닐까?"

헤르미온느는 그를 뚫어지게 바라보았다.

"왜 그런 말을 하는 거야?"

"모르겠어." 해리는 어깨를 으쓱하며 말을 이었다. "하지만 내가 시리우스의 이름을 입에 담으니까 거의 울려고 했고…… 통스의 패트로누스가 네발 달린 커다란 짐승으로 변하기도 했고……. 나는 그게 혹시라도…… 그러니까…… 시리우스가 된 건 아닐까 해서."

"그렇게 생각할 수도 있겠지." 헤르미온느가 천천히 말했다. "하지만 그래도 난 여전히 통스가 왜 덤블도어 교수님을 만나겠다고 갑자기 성안에 들어왔는지 모르겠는데. 정말로 그런 이유로 여기 온 거라면 말이야.”

"결국 내 말이 맞는 거 아니겠어?” 이제는 으깬 감자를 입에 쑤셔 넣고 있던 론이 말했다. “좀 이상해진 거야. 평 정심을 잃은 거라고. 여자들은 상처를 잘 받잖아.” 그는 현 명한 척 해리에게 말했다.

"그렇긴 하지만……” 헤르미온느가 생각에서 빠져나오 며 말했다. “로즈메르타 씨가 마귀할멈이랑 치유사랑 밈블 러스 밈블토니아에 대한 자기 농담에 웃지 않았다고 30분 동안이나 삐쭉거리는 여자는 아마 없을걸?”

론은 도끼눈을 떴다.

22장
장례식 이후

성의 탑 위로 밝은 파란색 하늘이 보이기 시작했지만, 여름이 다가오는 이런 신호들도 해리의 기분을 나아지게 만들지는 못했다. 말포이가 뭘 하고 있는지 알아내려는 일도, 슬러그혼과 대화를 시도해 그가 수십 년 동안 억눌러 놓았을 기억을 어떻게든 끄집어내게 만드는 일도 잘 되지 않았다.

"마지막으로 말하는데, 말포이 일은 잊어버려." 헤르미온느가 해리에게 단호한 목소리로 말했다.

그들과 론은 점심을 먹은 뒤 햇볕이 잘 드는 교정 한구석에 앉아 있었다. 헤르미온느와 론 두 사람 모두 마법 정부에서 나온 〈순간이동 시 흔히 저지르는 실수들과 이를 피하는 방법〉이라는 얇은 책자를 들고 있었다. 바로 그날 오후에 시험이 있었던 것이다. 하지만 전반적으로 그 책자는 날카로워진 신경을 진정시켜 주지는 못했다. 론은 웬 여학생이 모퉁이를 돌아서 나타나자 깜짝 놀라더니 헤르미온느 뒤로 숨으려 했다.

"라벤더 아냐." 헤르미온느가 지친 듯 말했다.

"아, 다행이네." 론은 그제야 마음을 놓았다.

"해리 포터?" 그 여학생이 말했다. "이걸 너한테 전해 주래."

"고마워⋯⋯."

작은 양피지 두루마리를 받아 들자 해리는 가슴이 철렁 내려앉는 것을 느꼈다. 그 여학생이 말소리를 들을 수 없는 곳으로 가자마자 그가 말했다. "내가 그 기억을 손에 넣기 전에는 더 이상 수업을 안 할 거라고 하셨는데!"

"네가 어떻게 하고 있는지 확인하고 싶으신 거 아닐까?" 해리가 양피지를 펼치자 헤르미온느가 넌지시 말했다. 하지만 그의 눈에 들어온 것은, 덤블도어의 길쭉하고 기울어진 글씨가 아니라 제멋대로 삐뚤빼뚤하게 쓰인 데다가 양피지 위로 잉크가 번져서 커다랗게 얼룩지는 바람에 읽기가 아주 어려운 글자들이었다.

해리, 론, 헤르미온느에게.

어젯밤에 아라고그가 죽었어. 해리랑 론, 너희는 아라고그를 만나 봤으니까 그 친구가 얼마나 특별한지 알 거야. 헤르미온느, 난 네가 틀림없이 아라고그를 좋아했을 거라고 생각해. 오늘 저녁에 아라고그를 묻는데 너희가 잠깐 들러 주면 무척 뜻깊은 일이 될 거야. 해 질 녘에 장례를 치를 생각이야. 아라고그가 가장 좋아했던 시간이 그때거든. 너희가 그렇게 늦은 시간에 나오면 안 된다는 건 알고 있지만 투명 망토를 쓰면 될 거야. 나도 이런 부탁은 하고 싶지 않았는데 혼자서는 감당할 수가 없어.

해그리드

"이것 좀 봐." 해리가 헤르미온느에게 편지를 건네며 말했다.

"아, 세상에." 헤르미온느가 빠르게 편지를 훑어보고 론에게 건네주며 말했다. 편지를 읽어 내려가는 론의 표정이 점점 믿을 수 없다는 듯이 변했다.

"돌았나 봐!" 그가 버럭 화를 냈다. "그놈은 자기 동료들한테 해리랑 나를 잡아먹으라고 했어! 맛있게 먹으라고 했다고! 그런데 해그리드는 우리가 거기 가서 그 끔찍한 털북숭이의 시체를 보면서 울 거라고 생각하는 거야?"

"그것뿐만이 아니야." 헤르미온느가 말했다. "우리한테 밤에 성 밖으로 나오라고 하잖아. 해그리드도 보안이 백만 배는 강화되었고 우리가 붙잡히면 얼마나 곤란해질지 다 알고 있을 텐데."

"예전에도 밤에 해그리드를 만나러 간 적이 있잖아." 해리가 말했다.

"그렇긴 하지. 하지만 이런 일 때문은 아니었잖아?" 헤르미온느가 말했다. "우린 해그리드를 돕기 위해 그 많은 위험을 무릅썼어. 하지만 어쨌든…… 아라고그는 죽었잖아. 아라고그를 구하느냐 아니냐의 문제였다면 몰라도……."

"그럼 난 더 가기 싫었을 것 같은데." 론이 단호하게 말했다. "넌 그놈을 만나 본 적이 없잖아, 헤르미온느. 내 말 믿어. 그놈은 죽었을 때가 제일 착해."

편지를 다시 가져간 해리는 잉크가 번져서 온통 얼룩진 양피지를 내려다보았다. 틀림없이 양피지 위로 커다란 눈물방울이 뚝뚝 떨어졌을 것이다…….

"해리, 설마 갈 생각은 *아니지?*" 헤르미온느가 말했다. "방과 후 징계를 감수할 가치가 없는 일이야."

해리가 한숨을 쉬었다.

"응, 나도 알아." 그가 말했다. "해그리드는 우리 없이 아라고그를 묻어 줘야겠네."

"응, 그래." 헤르미온느는 안심한 표정으로 말을 이었다. "저기, 오늘 오후에는 마법약 수업에 들어가는 애들이 별로 없을 거야. 우리 모두 시험을 보러 가니까. 그때 슬러그혼 교수님의 마음을 좀 누그러뜨려 봐!"

"쉰일곱 번째 시도니까 행운이 따를 거라는 거야?" 해리가 씁쓸하게 말했다.

"행운." 론이 불쑥 말했다. "해리, 그거야. 운을 좋게 만들어 봐!"

"무슨 뜻이야?"

"행운의 마법약을 쓰라고!"

"론, 그건…… 바로 그거야!" 헤르미온느가 충격받은 목소리로 말했다. "당연히 그래야지! 왜 그 생각을 못 했을까?"

해리는 두 사람을 뚫어지게 바라보았다. "펠릭스 펠리시스?" 그가 말했다. "모르겠어…… 난 그걸, 뭐랄까 아껴 놓고 있는데……."

"뭐 하러?" 론이 믿을 수 없다는 듯 물었다.

"이 기억보다 더 중요한 게 뭔데, 해리?" 헤르미온느가 물었다.

해리는 대답하지 않았다. 한동안 그 조그만 황금빛 병을 생각하면 지니가 딘과 헤어지고 론은 지니의 새 남자 친구를 맘에 들어 하는, 그런 상상이 떠오르곤 했다. 막연하면서도 불확실한 계획이 머릿속 깊은 곳에서 점점 부풀었다. 꿈속이나 비몽사몽간에만 의식할 수 있긴 했지만…….

"해리? 우리 말 듣고 있어?" 헤르미온느가 물었다.

"뭐…… 응, 당연하지." 그가 정신을 가다듬고 말했다. "뭐…… 좋아. 오늘 오후에 슬러그혼 교수님한테서 이야기를 끌어내지 못하면 펠릭스 펠리시스를 좀 마시고 저녁에 한 번 더 해 볼게."

"그럼 결정된 거야." 헤르미온느가 활기차게 말하며 자리에서 일어나 우아하게 빙그르르 돌았다. "목적지…… 확신…… 신중함……." 그녀가 중얼거렸다.

"아, 그것 좀 그만해." 론이 그녀에게 애원하듯 말했다. "지금껏 빙빙 돈 것만으로도 충분히 토할 것 같단 말이야. 얼른, 나 좀 숨겨 줘!"

"라벤더 아니야!" 한두 명의 여학생이 교정에 더 모습을 드러내고 론이 자기 뒤로 뛰어들어 몸을 숨기자 헤르미온느가 짜증을 내며 말했다.

"다행이다." 론은 헤르미온느의 어깨 너머로 확인해 보며 말했다. "제기랄, 쟤들 기분이 별로 안 좋아 보인다."

"쟤들은 몽고메리 자매야. 기분이 안 좋아 보이는 게 당연하지. 쟤네 남동생한테 무슨 일이 일어났는지 못 들었어?" 헤르미온느가 말했다.

"솔직히 이제는 모두의 가족한테 무슨 일이 일어나고 있는지 일일이 알 수 없잖아." 론이 말했다.

"음, 쟤들 남동생이 어떤 늑대인간한테 공격을 당했어. 소문에 따르면 쟤네 엄마가 죽음을 먹는 자들을 돕지 않겠다고 했대. 어쨌든 겨우 다섯 살짜리였는데 세인트 멍고 병원에서 죽었다는 거야. 살리지 못했다나 봐."

"살리지 못했다고?" 해리가 충격을 받고 되풀이했다. "하지만 늑대인간들이 사람을 죽이는 건 아니잖아. 그냥 늑대인간으로 바꿔 놓는 거 아니야?"

"가끔은 죽이기도 해." 평소답지 않게 심각한 표정을 짓고 있던 론이 말했다. "늑대인간들이 흥분하면 그런 일이 일어난다고 들었어."

"그 늑대인간 이름이 뭐래?" 해리가 재빨리 물었다.

"음, 소문으로는 펜리르 그레이백이래." 헤르미온느가 말했다.

"그럴 줄 알았어. 어린아이들을 공격하는 걸 즐기는 그 미친놈. 루핀 교수님이 나한테 얘기해 준 그놈이야!" 해리가 화를 내며 말했다.

헤르미온느는 어두운 눈길로 그를 바라보았다.

"해리, 너 꼭 그 기억을 가져와야 해." 그녀가 말했다. "그건 볼드모트를 막기 위해서잖아. 아니야? 지금 벌어지는 이 끔찍한 일들은 모두 볼드모트 때문에 일어나는 거야……."

성에서 나는 종소리가 머리 위로 울려 퍼지자 헤르미온느와 론 둘 다 겁에 질린 얼굴로 벌떡 일어났다.

"잘할 거야." 두 사람이 현관홀로 가서 순간이동 시험을 보러 가는 다른 학생들 사이에 낄 때 해리가 말했다. "행운을 빌게."

"너도!" 해리가 지하 감옥으로 향하자 헤르미온느가 의미심장한 표정을 지으며 말했다.

그날 오후 마법약 수업에 들어온 학생은 해리와 어니, 드레이코 말포이까지 셋뿐이었다.

"다들 아직 순간이동을 하기에는 너무 어린 게로구나?" 슬러그혼이 친근한 어조로 말했다. "아직 열일곱 살이 되지 않은 게냐?"

그들은 고개를 끄덕였다.

"아, 그래." 슬러그혼이 밝은 목소리로 말했다. "학생 수가 이렇게 적으니 뭔가 *재미있는* 걸 해 보자꾸나. 너희 모두 뭔가 재미있는 걸 만들어서 나한테 보여 주면 어떨까!"

"좋은 생각이시네요, 교수님." 어니가 손을 맞비비며 아첨하듯 말했다. 반면 말포이는 미소 비슷한 것도 짓지 않았다.

"무슨 뜻이죠? '재미있는' 거라니." 말포이가 짜증을 내며 말했다.

"아, 나를 놀라게 해 보려무나." 슬러그혼이 대수롭지 않게 말했다.

말포이는 뚱한 표정으로 《고급 마법약 제조》를 펼쳤다. 그가 이 수업을 시간 낭비라고 생각한다는 것이 그 이상 분명하게 드러날 수가 없었다. 해리가 책 너머로 지켜보니 말포이는 필요의 방에서 보낼 수도 있었던 이 시간을 아까워하고 있는 게 틀림없었다.

단지 해리의 상상일까, 아니면 말포이가 실제로 통스처럼 야위어진 걸까? 확실히 얼굴빛은 더 창백해져 있었다. 아마 요즘 햇빛을 쐬는 일이 거의 없어서인지 피부는 여전히 회색에 가까운 빛을 띠고 있었다. 하지만 으스대거나 신이 나거나 우쭐해하는 분위기는 보이지 않았다. 호그와트 급행열차에서 볼드모트한테 임무를 부여받았다고 대놓고 자랑하면서 빼기던 모습과는 전혀 딴판이었다……. 해리가 보기에 결론은 하나뿐이었다. 뭔지는 몰라도 말포이의 임무가 잘 풀리지 않고 있다는 것.

그 생각에 기분이 좋아진 해리는 《고급 마법약 제조》를 훌훌 넘겨 보다가 수정 표시가 잔뜩 되어 있는 혼혈 왕자판 행복 묘약을 발견했다. 그 마법약은 슬러그혼이 지시한 사항을 충족시킬 뿐만 아니라, 혹시라도(이 생각을 하자 심장이 쿵쾅거렸다) 슬러그혼이 그 약을 맛보도록 설득할 수만 있다면 그를 아주 기분 좋게 만들어서 그 기억을 끌어낼 수 있을지도 몰랐다…….

"허허, 이런. 이거 대단히 훌륭하구나." 한 시간 반이 지났을 때 슬러그혼이 햇빛처럼 노란색을 띤 해리의 솥단지 내용물을 내려다보며 손뼉을 쳤다. "행복 묘약, 맞지? 그런데 이 냄새는 뭘까? 음…… 박하 잔가지를 넣었군. 그렇지? 정통적인 방법은 아니지만 영감이 뛰어나구나, 해리. 당연히 이렇게 하면 가끔 지나치게 노래를 부르고 코를 계속 잡아당기는 부작용이 일어나는 걸 막을 수 있지. 이런 묘안은 대체 어떻게 떠올리는 건지 모르겠구나, 녀석. 혹시……."

해리는 발로 혼혈 왕자의 책을 가방 속 더 깊숙이 밀어 넣었다.

"……어머니에게서 물려받은 재능이 네 안에서 꽃피고

있는 건가!"

"아…… 네, 그럴지도 모르겠네요." 해리는 안심해서 말했다.

어니는 약간 심통이 난 표정이었다. 그는 한 번이라도 해리보다 뛰어난 모습을 보여 주려는 마음에 굉장히 성급하게 독창적인 마법약을 만들어 냈지만, 그 마법약은 그의 솥단지 바닥에 자주색 경단 모양으로 엉겨붙고 말았다. 말포이는 시무룩한 얼굴로 벌써 짐을 싸고 있었다. 슬러그혼이 그가 만든 딸꾹질 물약을 '그럭저럭 괜찮다'라고만 평했기 때문이었다.

종이 울리자 어니와 말포이는 곧바로 교실을 나갔다.

"교수님." 해리가 말을 걸자 슬러그혼은 곧바로 힐끗 돌아보았다. 그는 교실 안에 자신과 해리만 있다는 사실을 깨닫자 갑자기 허둥대기 시작했다.

"교수님…… 교수님, 제가 만든 마법약 한번 맛보지 않으시……?" 해리가 절박하게 소리쳤다.

하지만 슬러그혼은 이미 가 버린 뒤였다. 실망한 해리는 솥단지를 비우고 소지품을 챙겨 지하 감옥 교실을 나선 뒤 천천히 위층의 휴게실로 올라갔다.

론과 헤르미온느는 오후 늦은 시간에야 돌아왔다.

"해리!" 헤르미온느가 초상화 구멍으로 들어오며 소리쳤다. "해리, 나 통과했어!"

"잘했어!" 그가 물었다. "론은?"

"론은…… *아깝게 떨어졌어.*" 론이 잔뜩 시무룩한 얼굴을 하고 축 처져서 휴게실에 들어오자 헤르미온느가 속삭였다. "정말 운이 없었어. 아주 사소한 실수였거든. 론이 눈썹 반쪽을 놓고 온 걸 시험 감독관이 발견하는 바람에……. 슬러그혼 교수님하고는 어떻게 됐어?"

"실패했어." 론이 그들 곁으로 다가오자 해리가 말을 이었다. "운이 나빴다, 친구. 하지만 다음번에는 통과할 거야. 나랑 같이 시험 보면 돼."

"그래, 그래야지." 론이 뚱하게 말했다. "하지만 고작 눈썹 반쪽 놓고 온 걸 가지고! 그게 그렇게 중요하냐?"

"내 말이." 헤르미온느가 위로하듯 말했다. "정말 너무한 것 같아……."

그들은 순간이동 시험 감독관을 마구 흉보면서 저녁 시간 대부분을 보냈다. 휴게실로 돌아갈 때쯤에는 론도 아주 조금이나마 기분이 풀린 것처럼 보였다. 이제 그는 아직도 해결 못 하고 질질 끌고 있는 슬러그혼과 그의 기억에 관한 문제를 끄집어내고 있었다.

"그래서 해리, 펠릭스 펠리시스를 쓸 거야 말 거야?" 론이 물었다.

"응, 쓰는 게 좋을 것 같아." 해리가 말했다. "열두 시간 분량까진 필요 없겠지. 밤새 걸리지는 않을 테니까……. 그냥 한 모금만 먹으려고. 두세 시간이면 될 거야."

"먹으면 기분이 엄청 좋아져." 론이 추억에 잠긴 목소리로 말했다. "무슨 일을 하든 다 잘될 것 같은 기분이지."

"무슨 소리야?" 헤르미온느가 웃음을 터뜨렸다. "넌 먹어 본 적도 없잖아!"

"그래, 하지만 먹은 줄 알았잖아." 론은 뻔한 걸 설명한다는 투로 말했다. "진짜 별다를 것 없어."

방금 슬러그혼이 대연회장에 들어오는 모습을 본 데다 그가 시간을 들여 천천히 식사하길 좋아한다는 사실을 알았기에 그들은 휴게실에서 잠시 기다렸다. 슬러그혼이 식사를 마치고 연구실로 돌아갔을 때쯤 해리가 찾아갈 계획이었던 것이다. 태양이 금지된 숲의 우듬지에 걸렸을 때 그들은 때가 되었다고 판단했다. 세 사람은 조심스럽게 네빌, 딘, 셰이머스가 모두 휴게실에 있는 것을 확인한 뒤 살금살금 남학생 기숙사로 올라갔다.

해리는 똘똘 말아서 짐 가방 맨 밑에 넣어 두었던 양말을 꺼내 그 속에서 반짝거리는 조그만 병을 빼냈다.

"자, 먹는다." 해리는 그렇게 말하고는 병을 들어 올려 주의 깊게 양을 가늠하고 한 모금을 마셨다.

"기분이 어때?" 헤르미온느가 속삭였다.

해리는 바로 대답하지 않았다. 다음 순간 무한한 기회가 눈앞에 펼쳐져 있는 것 같은 아주 신나는 기분이 느릿느릿 하면서도 확실하게 그의 몸을 휩쓸었다. 그야말로 뭐든지 할 수 있을 것 같은 기분이었다. 갑자기 슬러그혼에게서 기억을 끌어내는 일쯤은 당연히 할 수 있을 뿐만 아니라 굉장히 쉬운 일처럼 느껴졌다…….

그는 자신감으로 가득한 채 씩 웃으며 자리에서 일어났다.

"멋진데." 그가 말했다. "정말 굉장해. 좋았어…… 난 해그리드의 오두막으로 갈 거야."

"뭐?" 론과 헤르미온느가 깜짝 놀란 얼굴로 동시에 외쳤다.

"안 돼, 해리. 슬러그혼 교수님을 만나러 가야지. 기억 안 나?" 헤르미온느가 말했다.

"아냐." 해리가 자신감에 찬 어조로 말했다. "나는 해그리드네 집으로 갈 거야. 거기 가면 좋은 일이 있을 것 같은 기분이 들어."

"대왕 거미를 묻어 주는 게 좋은 일이라고?" 론이 충격받은 표정을 지으며 물었다.

"응." 해리가 가방에서 투명 망토를 꺼내며 말했다. "오늘 밤 내가 있어야 할 곳이 거기라는 기분이 들어. 내 말 무슨 뜻인지 알겠어?"

"아니." 론과 헤르미온느가 동시에 대답했다. 이제는 둘 다 상당히 불안해하는 표정을 짓고 있었다.

"이거 펠릭스 펠리시스 맞지?" 헤르미온느는 병을 들어 빛에 비춰 보며 걱정스럽게 말했다. "병이 또 있었던 건 아니지? 뭔가 다른 약이 잔뜩 들어 있는. 예를 들면……."

"광기 에센스?" 어깨에 투명 망토를 휙 두르는 해리를 지켜보며 론이 말했다.

해리가 웃음을 터뜨리자 론과 헤르미온느는 더욱 겁먹은 표정이 되었다.

"날 믿어." 그가 말했다. "내가 뭘 하고 있는지는 나도 잘 아니까. 아니, 적어도……." 그는 확신이 깃든 발걸음으로 문을 향해 걸어갔다. "펠릭스 펠리시스는 알고 있어."

그는 투명 망토를 뒤집어쓰고 계단을 내려가기 시작했다. 론과 헤르미온느가 다급히 그를 쫓았다. 계단을 다 내려간 해리는 열린 문으로 슬쩍 빠져나갔다.

"쟤랑 거기서 뭘 하고 있었던 거야?" 투명해진 해리를 통해 론과 헤르미온느가 남학생 기숙사 침실에서 같이 나오는 모습을 본 라벤더 브라운이 날카롭게 소리 질렀다. 등 뒤에서 론이 뭐라뭐라 더듬거리는 소리가 들렸다. 해리는 그들을 뒤로한 채 휴게실을 잽싸게 가로질렀다.

초상화 구멍을 통과하는 건 간단했다. 해리가 다가갔을 때 지니와 딘이 초상화 구멍으로 들어왔고 해리는 두 사람 사이로 슬쩍 지나갈 수 있었다. 해리는 그러다가 실수로 지니의 몸을 스치고 말았다.

"밀지 좀 말아 줄래, 딘. 제발." 그녀가 짜증스러운 목소리로 말했다. "꼭 그러더라. 나 혼자서도 잘 지나갈 수 있거든?"

등 뒤에서 초상화가 홱 닫히기 전에 딘이 화를 내며 반박하는 소리가 들려왔다. 해리는 기분이 점점 더 좋아지는 것을 느끼며 성안을 성큼성큼 걸어갔다. 가는 길에 아무도 마주치지 않았기에 살금살금 움직일 필요가 없었다. 조금도 놀라운 일이 아니었다. 오늘 저녁, 그는 호그와트에서 가장 운이 좋은 사람이었으니까.

해리는 자신이 왜 해그리드의 오두막으로 가는 게 옳다

고 생각하는지 전혀 알 수 없었다. 마치 그 마법약이 단번에 몇 걸음 앞을 환하게 밝혀 주는 것만 같았다. 마지막으로 도착하는 곳이 어디인지, 슬러그혼은 어디에서 등장할지는 알지 못했지만, 그는 자신이 슬러그혼의 기억을 얻기 위한 방향으로 맞게 가고 있다는 사실을 알았다. 현관홀에 도착했을 때 그는 필치가 깜빡하고 성 정문을 잠가 두지 않은 것을 보았다. 해리는 씩 웃으며 문을 활짝 열고 잠깐 동안 맑은 공기와 풀 냄새를 들이마신 다음 계단을 내려가 땅거미 속으로 걸어 들어갔다.

계단 밑에 이른 순간 해그리드의 오두막으로 가는 길에 채소밭을 지나면 얼마나 즐거울까 하는 생각이 문득 들었다. 조금 돌아가야 했지만 분명 이 느낌에 따라 행동해야 할 것 같았다. 그는 즉시 마음이 내키는 대로 채소밭 쪽으로 발길을 돌렸다. 그러다가 별 놀라울 것도 없이, 스프라우트 교수와 대화를 나누고 있는 슬러그혼 교수의 모습을 보았다. 해리는 낮은 돌담 뒤에 숨어 세상만사 속 편한 기분으로 그들의 대화에 귀를 기울였다.

"……시간을 내줘서 정말 고맙소, 포모나." 슬러그혼이 정중하게 말했다. "대부분의 권위자들이 이건 해 질 녘에 따야 가장 효과가 좋다고 입을 모으거든요."

"아, 제 생각도 그래요." 스프라우트 교수가 상냥하게 말했다. "이 정도면 충분하신가요?"

"충분합니다, 충분하고말고요." 슬러그혼이 대답했다. 그는 잎사귀가 잔뜩 달린 식물을 한 아름 들고 있었다. "이 정도면 3학년 학생들에게 잎사귀를 몇 장씩 나눠 줄 수 있을 거요. 누가 잎사귀를 너무 푹 끓일 경우에 대비해서 여분도 몇 장 남기고…… 그럼, 즐거운 저녁 보내시길. 다시 한 번 정말 고맙소이다!"

스프라우트 교수는 점점 어두워지는 온실 쪽으로 향했고 슬러그혼은 해리가 눈에 띄지 않게 숨어 있는 곳으로 발길을 돌렸다.

당장 모습을 드러내고 싶은 욕구에 사로잡힌 해리가 과장된 동작으로 투명 망토를 벗어 던졌다.

"안녕하세요, 교수님."

"멀린의 턱수염 같으니. 해리, 간 떨어질 뻔했다." 슬러그혼은 가다 말고 우뚝 멈춰 서서 가슴을 쓸어내렸다. 얼굴에는 경계하는 빛이 역력했다. "성에서는 어떻게 나온게냐?"

"필치가 문 잠그는 걸 깜빡한 모양이에요." 해리가 쾌활하게 말했다. 슬러그혼이 얼굴을 살짝 찡그리는 것을 보니 기분이 좋았다.

"그 친구의 실수를 보고해야겠구나. 그치는 보안 조치를 제대로 하는 것보다 쓰레기 치우는 데 더 관심이 많은 것 같아. 그런데 여기엔 왜 나와 있니, 해리?"

"그게요, 교수님. 해그리드 때문에요." 해리는 지금은 진실을 말하는 것이 올바른 행동이라는 것을 알았다. "해그리드가 많이 상심해 있거든요……. 하지만 다른 사람들한테는 말하지 않으실 거죠, 교수님? 해그리드가 곤란해지는 건 좀……."

그 말에 슬러그혼은 확실히 호기심이 동한 것 같았다.

"뭐, 약속은 할 수 없다." 그가 무뚝뚝하게 말했다. "하지만 덤블도어가 그렇게 철저히 믿는 사람이 뭔가 끔찍한 짓을 저질렀을 리는 없겠지."

"실은 대왕 거미 때문이에요. 해그리드는 오랫동안 그 거미를 돌봤거든요……. 숲에서 살던 거미인데…… 말도 할 줄 알고, 뭐 다 할 줄……."

"숲에 애크로맨툴라가 있다는 소문은 들었다." 슬러그혼이 검은 나무들의 숲을 건너다보며 조용히 말했다. "그럼 그게 사실이구나?"

"네." 해리가 대답했다. "그런데 아라고그가, 그러니까

해그리드가 처음으로 기른 그 거미가 어젯밤에 죽었거든
요. 해그리드는 엄청 비통해하고 있어요. 거미를 묻어 줄
때 누가 같이 있어 주었으면 해서 제가 가겠다고 했어요."

"감동적이구나, 감동적이야." 슬러그혼이 큼직하고 축
처진 눈을 저 멀리서 빛나는 해그리드의 오두막 불빛에 고
정한 채 멍하니 중얼거렸다. "하지만 애크로맨툴라의 독은
굉장히 귀한 건데…… 죽은 지 얼마 되지 않았다면 아직
독이 말라 버리지 않았을지도 몰라……. 물론 해그리드가
그렇게 속상해하고 있는데 무신경한 짓을 할 생각은 전혀
없다만…… 그 독을 조금이라도 얻을 방법이 있다면……
그러니까, 애크로맨툴라가 살아 있는 동안에는 독을 얻는
게 거의 불가능하니 말이다."

슬러그혼은 이제 해리에게 이야기하고 있다기보다 혼잣
말을 하는 듯했다.

"……그걸 그냥 내버려 두는 건 끔찍한 낭비 같은데……
500밀리리터에 100갈레온쯤 하려나……. 솔직히 내 봉급
이 그렇게 많은 것도 아니고……."

해리는 이제 뭘 해야 할지 확실히 알았다.

"음……." 그가 꽤 그럴듯하게 망설이는 기색을 담아서
입을 열었다. "저…… 교수님이 같이 가 주시면 해그리드

도 정말로 기뻐할 거예요. 아라고그한테 더 제대로 된 작별 인사를 하는 거죠."

"그래, 그렇고말고." 슬러그혼이 말했다. 그의 두 눈은 이제 열정적으로 번뜩이고 있었다. "이렇게 하자꾸나, 해리. 내가 술을 한두 병 들고 갈 테니 거기서 만나자. 그 거미의…… 음…… 만수무강을 위해서는 아니지만, 건배를 하는 거야. 일단 장례를 치르게 됐으니 어쨌든 멋지게 보내 주는 거지. 넥타이도 바꿔 매야겠구나. 이건 좀 화려해서……."

그는 허둥지둥 성으로 돌아갔고 해리는 뿌듯한 마음을 안고 해그리드의 오두막을 향해 발걸음을 서둘렀다.

"왔구나." 해그리드가 문을 열고 눈앞에서 투명 망토를 벗는 해리를 보더니 쉰 목소리로 말했다.

"네. 론이랑 헤르미온느는 같이 못 왔어요." 해리가 말했다. "정말 미안해하더라고요."

"그런…… 그럴 거 없어……. 그래도 네가 와 주었으니 아라고그도 감동받을 거야, 해리……."

해그리드가 큰 소리로 훌쩍거렸다. 그는 구두 광택제에 담갔다 뺀 걸레 같은 것으로 검은 완장을 만들어 차고 있었고, 두 눈은 빨갛게 퉁퉁 부어 있었다. 해리는 위로하듯 그의 팔꿈치를 톡톡 두드렸다. 거기가 해그리드의 몸에서 해리의 손이 닿을 수 있는 가장 높은 곳이었던 것이다.

"어디에 묻을 거예요?" 해리가 물었다. "금지된 숲에다 묻나요?"

"이런, 아니지." 해그리드가 눈물이 줄줄 흐르는 눈을 셔츠 아랫자락으로 닦으며 말했다. "아라고그가 죽으니까 다른 거미들이 나를 자기들 거미줄 근처에 아예 못 오게 하더라. 알고 보니까 녀석들이 날 잡아먹지 않은 건 순전히 아라고그의 명령 때문이었지 뭐냐! 믿어지니, 해리?"

솔직한 대답은 '네'였다. 해리는 론과 함께 애크로맨툴라와 맞닥뜨렸던 장면을 괴롭지만 빠르게 떠올렸다. 그때 그들은 오직 아라고그 때문에 해그리드를 잡아먹지 않는 거라는 사실을 아주 명백하게 밝혔었다.

"전에는 금지된 숲에서 내가 갈 수 없는 곳은 한 군데도 없었어!" 해그리드가 고개를 저으며 말했다. "쉽지 않았어, 진짜로. 아라고그의 시신을 빼내는 것 말이야. 녀석들은 보통 죽은 동료의 시체를 먹거든. 하지만 난 아라고그의 장례를 잘 치러 주고 싶었어……. 제대로 작별 인사를……."

해그리드가 다시 울음을 터뜨리자 해리는 또다시 그의 팔꿈치를 두드리기 시작했다. 그러면서 (마법약이 그렇게 하라고 알려 주는 것 같았으므로) 이렇게 말했다. "여기 오다가 슬러그혼 교수님을 만났어요, 해그리드."

"혼난 건 아니지?" 해그리드가 놀라서 고개를 번쩍 들고 말했다. "넌 해 진 뒤에 성 밖으로 나오면 안 되는데, 난 그걸 알면서도…… 내 잘못이야."

"아뇨, 아니에요. 제 얘길 들으시더니 슬러그혼 교수님도 여기 와서 아라고그한테 마지막으로 예의를 갖추고 싶다고 하셨어요." 해리가 말했다. "좀 더 적절한 복장으로 갈아입으러 가신 것 같아요……. 아라고그를 추모하면서 건배하려고 술도 몇 병 가져오신다고 했고요."

"그래?" 해그리드가 깜짝 놀라기도 하고 감동을 받기도 한 표정을 지으며 말했다. "그거…… 그거 정말 친절하시구나. 정말이야. 네가 밖에 나온 걸 보고하지 않으신 것도 그렇고. 솔직히 호러스 슬러그혼 교수님하고는 이제껏 별사이도 아니었는데……. 그런데도 우리 아라고그를 보내는 걸 보러 와 주신단 말이지? 뭐…… 아라고그도 기뻐할 거야……."

해리는 속으로 아라고그가 슬러그혼에게서 가장 원하는 건 그 푸짐한 살덩어리일 거라고 생각했지만 아무 말 않고 해그리드의 오두막 뒤쪽 창문으로 다가갔다. 바깥에 어마

어마한 크기의 죽은 거미가 다리가 돌돌 말리고 잔뜩 엉킨 채 뒤집혀 누워 있는 상당히 끔찍한 광경이 눈에 들어왔다.

"여기에다 묻을 거예요, 해그리드? 아저씨네 정원에?"

"저기 호박밭 너머에 묻으려고 해." 해그리드가 목이 메는 듯 말했다. "이미 파 놨어. 그…… 무덤 말이야. 그냥 아라고그한테 몇 가지 좋은 얘기를 들려 줘야겠다고 생각했어. 행복한 기억 같은 것들 말이지."

해그리드의 목소리가 떨리고 갈라졌다. 문 두드리는 소리가 나자 그는 엄청나게 큰 물방울무늬 손수건에 코를 풀면서 몸을 돌렸다. 검은색의 점잖은 크라바트(17세기에 남성들이 목에 두르던 스카프의 일종—옮긴이)를 맨 슬러그혼이 술병 여러 개를 팔 아래 끼고 황급히 문턱을 넘어 들어왔다.

"해그리드." 그가 진지한 목소리로 나직이 말했다. "얼마나 상심이 크신가."

"참 친절하시네요." 해그리드가 말했다. "정말정말 고맙습니다. 해리한테 방과 후 징계를 주지 않으신 것도 감사드리고요……."

"방과 후 징계라니, 생각도 안 했네." 슬러그혼이 말했다. "참으로 슬픈 밤일세. 슬프고말고……. 그 가엾은 친구는 어디에 있는가?"

"저 바깥에 있습니다." 해그리드가 떨리는 목소리로 말했다. "그럼…… 그럼 시작할까요?"

세 사람은 뒷마당으로 걸어 나갔다. 나무들 사이로 희미한 달빛이 비췄고, 그 빛이 해그리드의 오두막 창문에서 흘러나오는 빛과 섞여 거대한 구덩이 가장자리에 누워 있는 아라고그의 몸을 비췄다. 그 옆에는 방금 파낸 흙이 3미터 높이로 쌓여 있었다.

"아름답군." 슬러그혼이 거미의 머리 쪽으로 다가가며 말했다. 우윳빛 눈 여덟 개가 멍하니 하늘을 바라보고 있고, 곡선을 그리는 거대한 집게발 두 개가 미동도 없이 달빛을 받아 빛나고 있었다. 해리는 슬러그혼이 집게발 위로 허리를 구부릴 때 병들이 딸랑거리는 소리를 들은 것 같았다. 털이 숭숭 난 커다란 머리를 살펴보는 것 같았다.

"이 녀석들이 얼마나 아름다운지 누구나 다 알아보는 건 아니죠." 해그리드가 슬러그혼의 등에 대고 말했다. 그의 주름진 눈가에서 눈물이 줄줄 흘러나오고 있었다. "아라고그 같은 생명체에 관심이 있으신 줄은 몰랐습니다, 호러스."

"관심이라니? 친애하는 해그리드, 나는 이들을 숭배한다네." 슬러그혼이 거미 시체에서 물러나며 말했다. 해리는 한순간 유리병이 반짝하면서 그의 망토 아래로 사라지는 것을 봤지만, 또 한 번 눈물을 닦고 있던 해그리드는 아무 것도 눈치채지 못했다. "그럼…… 장례를 시작할까?"

해그리드가 고개를 끄덕이며 앞으로 나섰다. 그는 거대한 거미를 양팔로 끌어안고 큰 소리로 끙끙대며 어두운 구덩이 안으로 굴려 넣었다. 거미는 으드득, 쿵 하는 섬뜩한 소리를 내면서 구덩이 바닥으로 떨어졌다. 해그리드는 다시 울음을 터뜨렸다.

슬러그혼도 해리와 마찬가지로 해그리드의 팔꿈치 위에까지는 손이 닿지 않았지만 어쨌든 그를 토닥거리며 말했다. "아라고그를 가장 잘 알았던 자네에게는 어려운 일일 테니 내가 몇 마디 해도 되겠나?"

해리는 슬러그혼이 구덩이 가장자리로 걸어가 극적인 목소리로 추모의 말을 느릿느릿 읊으면서 만족스럽게 싱긋 웃는 모습을 보고 그가 아라고그한테서 고품질의 독을 꽤 많이 얻은 게 틀림없다고 생각했다. "잘 가시오, 거미들의 왕 아라고그여. 그대를 알았던 사람들은 그대의 충실하고 오랜 우정을 잊지 않을 것이오! 비록 몸은 썩을지라도 그대의 영혼은 거미줄로 만든 이 조용한 숲속 보금자리에 머물 것이니. 수많은 눈이 달린 그대의 후예들은 영원히

번창하고, 그대의 인간 친구들이 견뎌야 했던 상실감은 위로받기를."

"정말…… 정말…… 아름답네요!" 해그리드는 그렇게 울부짖더니 비료 더미에 주저앉아 조금 전보다 더 비통하게 울부짖었다.

"자, 자." 슬러그혼이 마법 지팡이를 휘두르며 말하자 거대한 흙더미가 붕 솟아올랐다가 둔탁한 쿵 소리를 내며 죽은 거미 위로 떨어져 내리면서 매끄러운 둔덕을 만들었다. "들어가서 한잔하세. 해리 네가 반대쪽을 좀 부축하거라. 그렇지……. 이리 오게나, 해그리드. 옳지……."

그들은 해그리드를 식탁 의자에 앉혔다. 장례를 치르는 동안 바구니에 숨어 있던 팽이 어느새 사뿐사뿐 방을 가로질러 오더니 평소처럼 묵직한 머리를 해리의 무릎에 올려놓았다. 슬러그혼은 가져온 와인 병 하나를 땄다.

"독이 있는지 전부 확인해 봤단다." 슬러그혼은 해리를 안심시키며 첫 번째 병의 와인 대부분을 양동이만 한 머그잔에 콸콸 쏟아붓고는 해그리드에게 건넸다. "너의 그 가엾은 친구 루퍼트에게 그런 일이 있고 나서는 집요정에게 모든 술을 맛보게 하고 있지."

해리는 집요정을 이런 식으로 학대한다는 얘기를 듣는

다면 헤르미온느가 어떤 표정을 지을지 눈앞에 훤히 떠오르는 듯했다. 그는 이 사실을 절대 그녀에게 말하지 않기로 결심했다.

"한 잔은 해리 것……." 슬러그혼이 두 번째 병을 따서 머그잔 두 개에 나누어 담으며 말했다. "……그리고 한 잔은 내 것. 자……." 그는 머그잔을 높이 들어 올렸다. "아라고그를 위하여."

"아라고그를 위하여." 해리와 해그리드가 동시에 말했다.

슬러그혼과 해그리드 모두 술을 쭉 들이켰다. 하지만 해리는 앞길을 밝혀 주는 펠릭스 펠리시스의 힘에 의해 술을 마셔서는 안 된다는 사실을 알았고, 그래서 그냥 한 모금 마시는 시늉을 한 다음 머그잔을 식탁에 내려놓았다.

"알 속에 있을 때부터 키웠어요." 해그리드가 침울하게 말했다. "알을 깨고 나왔을 때는 정말 작고 귀여운 녀석이었죠. 페키니즈만 했어요."

"귀여웠겠군." 슬러그혼이 말했다.

"학교 벽장에 넣고 키웠죠. 그러다가…… 음……."

해그리드의 얼굴이 어두워졌다. 해리는 그가 왜 그러는지 알고 있었다. 톰 리들이 해그리드에게 비밀의 방을 열었다는 누명을 씌워서 그를 학교에서 쫓겨나게 만든 것이다. 하지만 슬러그혼은 해그리드의 말을 귀담아듣지 않는 것 같았다. 그는 수많은 놋쇠 냄비와 길고 부드러워 보이는 밝은 하얀색의 동물 털 타래가 매달려 있는 천장을 올려다보고 있었다.

"설마 저게 유니콘 털은 아니겠지, 해그리드?"

"아, 맞습니다." 해그리드가 아무렇지도 않게 말했다. "꼬리에서 빠진 거예요. 숲속에서는 꼬리가 나뭇가지 같은 데 잘 걸리거든요……."

"하지만 이보게, 친구. 저게 얼마인지 아나?"

"전 동물이 다쳐서 붕대를 묶거나 뭐 그럴 때 사용하지요." 해그리드가 어깨를 으쓱하며 말했다. "엄청 유용합니다. 아주 질기거든요."

슬러그혼은 머그잔을 들어 다시 한 번 술을 길게 들이켜며 오두막 안을 신중하게 둘러보았다. 해리는 그가 엄청난 양의 오크통 숙성 벌꿀술이나 설탕에 절인 파인애플, 벨벳 스모킹 재킷 따위로 바꿀 수 있는 보물들을 더 찾고 있다는 것을 알았다. 슬러그혼은 해그리드의 머그잔과 자신의 잔을 다시 채우고 요즘 금지된 숲에는 어떤 생물들이 살고 있는지, 또 해그리드가 그들 모두를 어떻게 돌보는지에 대해 물었다. 술기운에다 슬러그혼이 그를 추켜세워 주면서 보이는 관심에 마음이 열린 해그리드는 눈물 훔치기를 관두고 즐겁게 보우트러클 키우기에 관한 장황한 설명을 늘어놓기 시작했다.

이 시점에서 펠릭스 펠리시스가 해리의 옆구리를 쿡 찔렀다. 그는 슬러그혼이 가져온 술이 빠르게 바닥나고 있다는 것을 눈치챘다. 해리는 아직 주문을 소리 내어 읊지 않고는 다시 채우기 마법을 걸 수 없었지만, 오늘 같은 밤에는 해내지 못할 거라 생각하는 게 오히려 우스운 일이었다. 해리는 씩 웃으며 (이제는 불법적인 용의 알 거래에 관한 이야기를 주고받고 있는) 해그리드와 슬러그혼의 눈에 띄지 않고 식탁 아래로 비어 가는 술병들을 향해 마법 지팡이를 겨눴다. 술병들이 대번에 다시 채워지기 시작했다.

한 시간 정도가 지나자 해그리드와 슬러그혼은 연신 무턱대고 건배를 해 댔다. 호그와트를 위하여, 덤블도어를 위하여, 집요정이 만든 와인을 위하여, 그리고……

"해리 포터를 위하여!" 해그리드가 열네 잔째 와인을 마시다가 턱에 줄줄 흘리며 소리쳤다.

"그래, 맞아." 슬러그혼이 조금 쉰 목소리로 소리쳤다. "패리 호터, 선택받은 뭐시기 소년…… 뭐, 아무튼!" 그는 그렇게 웅얼거리더니 그 자신도 머그잔을 비웠다.

그로부터 얼마 지나지 않아 해그리드는 다시 눈물을 뚝 뚝 흘리면서 유니콘 꼬리털을 슬러그혼에게 통째로 떠안 겼고, 슬러그혼은 "우정을 위하여! 너그러움을 위하여! 한 가닥에 10갈레온이나 하는 털을 위하여!"라고 외치며 그것 을 주머니에 넣었다.

그런 다음 해그리드와 슬러그혼은 잠깐 동안 서로에게 팔을 두른 채 나란히 앉아, 오도라는 이름의 한 죽어 가는 마법사에 관한 느리고 구슬픈 노래를 불러 댔다.

"아아아, 착한 사람들은 빨리 죽어요." 해그리드가 눈이 약간 가운데로 몰린 채 식탁 위로 푹 엎드리면서 웅얼거렸 다. 반면 슬러그혼은 떨리는 목소리로 후렴구를 계속 흥얼 거렸다. "우리 아빠도 돌아가실 나이는 아니었는데……. 너희 엄마 아빠도 그렇고 말이야, 해리……."

해그리드의 주름진 눈가에서 또다시 굵직한 눈물방울이 스며 나왔다. 그는 해리의 팔을 움켜잡고 흔들었다.

"……내가 알았던 그 나이 또래 최고의 '바멉사'였 어……. 끔찍해……. 끔찍한 일이야……."

슬러그혼이 애처롭게 노래를 불렀다.

"그리고 그들은 영웅 오도를 집으로 데려왔다네.

사람들이 그의 젊은 시절을 기억하는 그곳으로.

뒤집힌 모자와 두 동강 난 마법 지팡이와 함께

오도를 뉘어 쉬게 했지. 참으로 슬프도다."

"……끔찍해." 해그리드는 잠깐 중얼거리는가 싶더니 텁수룩한 커다란 머리가 두 팔 위로 비스듬히 넘어가면서 이내 큰 소리로 코를 골며 곯아떨어졌다.

"미안하네." 슬러그혼이 딸꾹질을 하며 말했다. "난 아무리 해도 노래를 잘 못 부르겠더군."

"해그리드는 교수님 노래 때문에 그런 말을 한 게 아니에요." 해리가 조용히 입을 열었다. "저희 엄마 아빠가 돌아가신 것에 대해 얘기를 하고 있었어요."

"아." 슬러그혼이 엄청난 트림을 눌러 참으며 말했다. "오, 이런. 그래, 그건 정말 끔찍한 일이었다. 끔찍하지…… 끔찍해……."

그는 무슨 말을 해야 할지 잘 모르겠다는 듯 괜히 머그잔만 채웠다.

"내, 내 생각엔 넌 기억이 안 날 것 같은데, 해리?" 그가 어색한 말투로 물었다.

"네. 뭐, 두 분이 돌아가셨을 때 저는 겨우 한 살이었으니까요." 해그리드가 큰 소리로 코를 고는 가운데 해리는 깜빡거리는 촛불 빛을 지그시 바라보며 말했다. "하지만 그때 무슨 일이 있었는지 나중에 꽤 많이 알아냈어요. 아빠가 먼저 돌아가셨대요. 알고 계셨어요?"

"나, 나는 몰랐다." 슬러그혼이 숨죽인 목소리로 말했다.

"네…… 볼드모트는 아빠를 살해한 다음 아빠 시신을 넘어서 엄마한테로 갔어요." 해리가 말했다.

슬러그혼은 심하게 몸을 떨면서도, 겁에 질린 시선을 해리의 얼굴에서 차마 거두지 못하는 듯했다.

"볼드모트는 엄마한테 비키라고 했어요." 해리는 끈질기게 말을 이었다. "볼드모트가 그러더라고요. 엄마는 돌아가실 필요가 없었다고요. 그자가 원한 건 오직 저뿐이었어요. 엄마는 도망칠 수 있었죠."

"오, 이런." 슬러그혼이 숨을 들이켰다. "그랬구나…… 죽지 않을 수도 있었는데…… 안타까운 일이야……."

"그죠?" 해리는 속삭임에 가깝게 목소리를 낮추고 말했다. "그런데 엄마는 꼼짝하지 않았어요. 아빠는 이미 돌아가셨지만 저까지 죽게 내버려 두지 않으신 거예요. 엄마가 볼드모트한테 애원했지만…… 볼드모트는 그저 웃기만 했어요……."

"그만하면 됐다!" 슬러그혼이 갑자기 떨리는 손을 들어 올리며 말했다. "정말이지, 해리 애야, 그만하면 됐다……. 나는 늙은이야……. 내가 듣고 싶지 않은 얘기는…… 듣지 않아도 될 나이지……."

"깜빡했네요" 하고, 해리는 펠릭스 펠리시스가 시키는 대로 거짓말을 했다. "교수님은 저희 엄마를 좋아하셨죠?"

"좋아했느냐고?" 슬러그혼의 눈가에 다시 한 번 눈물이 차올랐다. "릴리를 만나 보고 그 아이를 좋아하지 않을 사람은 아무도 없을 거야. 그렇게 용감하고…… 그렇게 재밌는 아이가……. 정말로 끔찍한 일이었다……."

"하지만 릴리의 아들은 도와주려고 하지 않으시잖아요." 해리가 말했다. "엄마는 저한테 목숨을 주셨는데, 교수님은 저한테 기억 하나 내주지 않으려고 하시잖아요."

우르릉하는 해그리드의 코 고는 소리가 오두막을 가득 채웠다. 해리는 눈물이 가득 고인 슬러그혼의 눈을 끈질기게 바라보았다. 마법약 교수는 눈을 돌리지 못하는 것 같았다.

"그렇게 말하지 말거라." 그가 속삭이듯 말했다. "그런 일쯤이야 아무것도 아니야……. 물론 그게 널 돕는 일이라면 말이다……. 하지만 그 기억은 아무 쓸모가 없을……."

"쓸모가 있어요." 해리가 분명하게 말했다. "덤블도어 교수님한테는 정보가 필요해요. 저한테도 필요하고요."

해리는 자신이 무슨 말을 하더라도 안전하다는 사실을 알고 있었다. 펠릭스 펠리시스는 그에게 아침이 되면 슬러그혼이 이 이야기를 하나도 기억하지 못할 거라 말해 주고 있었다. 해리는 슬러그혼의 눈을 똑바로 들여다보면서 앞으로 약간 몸을 기울였다.

"저는 '선택받은 자'예요. 제가 그자를 죽여야 해요. 저한텐 그 기억이 필요해요."

슬러그혼의 얼굴이 더욱더 창백해졌다. 그의 반짝이는 이마가 땀으로 번들거렸다.

"네가 정말로 '선택받은 자'라고?"

"네, 물론이에요." 해리가 침착하게 대답했다.

"하지만 그럼…… 해리 얘야…… 넌 엄청난 걸 요구하고 있는 거야…… 사실상 나한테 그자를 없애는 걸 도와 달라고 요구하는……."

"릴리 에번스를 죽인 마법사를 없애고 싶지 않으신 거예요?"

"해리, 해리, 물론 나는 그러고 싶지만……."

"교수님이 절 도와줬다는 걸 그자가 알까 봐 두려우신가
요?"

슬러그혼은 아무 말도 하지 않았다. 그저 겁에 질린 표
정이었다.

"제 어머니처럼 용감해지세요, 교수님⋯⋯."

슬러그혼은 통통한 손을 들어 파르르 떨리는 손가락으
로 입술을 눌렀다. 잠시 그는 덩치만 큰 아기처럼 보였다.

"자랑스럽지가 않은 내용이라⋯⋯." 그가 손가락 사이로
속삭였다. "그⋯⋯ 그 기억이 보여 주는 것들이 부끄러워
서⋯⋯ 내가 그날 엄청난 과오를 저지른 것일 수도 있다는
생각에⋯⋯."

"무슨 짓을 하셨는지는 몰라도 그 기억을 저한테 주시면
다 없었던 일로 만들 수 있어요." 해리가 말했다. "아주 용
감하고 고귀한 행동이 될 거예요."

해그리드가 잠결에 움찔거리며 계속 코를 골았다. 슬러
그혼과 해리는 깜빡거리며 타오르는 촛불 너머로 서로를
뚫어지게 바라보았다. 길고 긴 침묵이 흘렀지만 펠릭스 펠
리시스는 해리에게 그 침묵을 깨뜨리지 말라고, 그저 기다
리라고 말해 주었다.

그때, 슬러그혼이 아주 천천히 주머니에 손을 넣어 마법

지팡이를 꺼내 들었다. 그러고는 다른 쪽 손을 망토 속에 집어넣더니 자그마한 빈 병을 꺼냈다. 슬러그혼은 여전히 해리의 눈을 들여다보며 마법 지팡이 끝을 자신의 관자놀이에 갖다 댄 다음 잡아당겼다. 그러자 은색을 띤 기억의 실이 마법 지팡이 끝에 길게 딸려 나왔다. 그 기억은 밝은 은빛으로 빛나며 점점 더 길게 늘어나다가 마침내 끊겨서 마법 지팡이 끝에 대롱대롱 매달렸다. 슬러그혼이 그 기억을 병에 집어넣자 그것은 병 속에서 기체처럼 소용돌이치면서 돌돌 말렸다가 퍼졌다. 슬러그혼은 떨리는 손으로 병을 코르크 마개로 막고는 그것을 식탁 너머 해리에게 건넸다.

"정말 고맙습니다, 교수님."

"너는 착한 녀석이야." 슬러그혼 교수가 말했다. 그의 살찐 뺨 위로 흘러내린 눈물이 팔자 콧수염 속으로 사라졌다. "그리고 넌 릴리의 눈을 쏙 빼닮았어……. 그 기억을 보고 나서도 그저 날 너무 나쁘게 생각하지만은 말아 다오……."

그러더니 그 역시 두 팔에 고개를 묻고 깊은 한숨을 내쉰 다음 잠들어 버렸다.

23장

호크룩스

성으로 살금살금 돌아가던 해리는 펠릭스 펠리시스의 효력이 떨어져 가는 것을 느꼈다. 정문은 잠겨 있지 않았지만 4층에 올라갔을 때 피브스를 마주치고 말았다. 그는 옆으로 몸을 날려 알고 있던 지름길 중 하나로 접어든 덕분에 가까스로 들키지 않을 수 있었다. 뚱뚱한 귀부인의 초상화 앞까지 가서 투명 망토를 벗었을 때 그녀가 전혀 도울 생각이 없는 것처럼 보이는 것도 무리는 아니었다.

"지금이 몇 신 줄 아느냐?"

"정말 죄송해요. 중요한 일 때문에 나갔다 와야 했어요."

"뭐, 자정에 암호가 바뀌었으니 그냥 복도에서 자야겠구나."

"말도 안 돼요!" 해리가 말했다. "암호가 왜 자정에 바뀌어요?"

"그렇게 됐다." 뚱뚱한 귀부인이 말했다. "화가 난다면 교장 선생님한테 가서 말하거라. 보안 조치를 강화한 건 그 사람이니."

"멋지네." 해리는 쓸쓸하게 말하며 딱딱한 바닥을 둘러보았다. "정말 끝내주네요. 네, 덤블도어 교수님이 여기 계신다면 가서 따져야겠어요. 저한테 이런 일을 시키신 건 바로 그분이니까요."

"여기 있다네." 해리 등 뒤에서 어떤 목소리가 말했다. "덤블도어 교수는 한 시간 전에 학교로 돌아왔어."

목이 달랑달랑한 닉이 해리 쪽으로 스르르 미끄러져 오고 있었다. 그의 머리가 평소와 마찬가지로 옷깃 위에서 불안하게 흔들렸다.

"피투성이 남작한테 들었지. 덤블도어 교수가 돌아오는 걸 남작이 봤거든." 닉이 말했다. "남작 말에 따르면 좀 피곤한 것 같긴 하지만 기분은 좋아 보이더라는군."

"어디 계시는데요?" 해리는 가슴이 두근거리는 것을 느끼며 말했다.

"아, 저 위 천문탑에서 신음하면서 쇠사슬을 철컹거리며 돌아다니고 있지. 그게 가장 좋아하는 소일거리……."

"피투성이 남작 말고 덤블도어 교수님요!"

"아아, 연구실에 있다네." 닉이 말했다. "남작이 한 말로 미루어 보건대 먼저 처리해야 할 용무가 좀 있……."

"네, 맞아요." 해리가 그의 말을 잘랐다. 덤블도어에게 슬러그혼 교수의 기억을 손에 넣었다고 말할 생각을 하자 가슴속에서 흥분이 끓어올랐다. 그는 홱 돌아서서, 그를 소리쳐 부르는 뚱뚱한 귀부인을 모른 척하고 전속력으로 달려 나갔다.

"돌아오너라! 알았다, 거짓말이었어! 네가 잠을 깨워서 짜증이 났던 게야! 암호는 '촌충' 그대로야!"

하지만 해리는 이미 복도를 돌진하고 있었고, 불과 몇 분 만에 덤블도어 연구실 앞의 가고일에게 "토피 에클레어"라는 암호를 대고 있었다. 가고일은 옆으로 펄쩍 비켜서서 해리를 나선형 계단으로 들여보내 주었다.

"들어오세요." 해리가 문을 두드리자 덤블도어가 대답했다. 어쩐지 기진맥진한 목소리였다.

해리는 문을 밀어젖혔다. 창밖에 별이 총총한 검은 하늘이 배경으로 깔려 있을 뿐 덤블도어의 연구실은 여느 때와 같은 모습이었다.

"이런 세상에, 해리." 덤블도어가 놀라서 말했다. "이렇게 늦은 시간에 날 만나러 와 주다니 기쁘구나. 그런데 어쩐 일이냐?"

"교수님, 손에 넣었어요. 슬러그혼 교수님한테서 기억을 얻어 냈어요."

해리는 작디작은 유리병을 꺼내 덤블도어에게 보여 주었다. 교장은 한순간 충격을 받은 얼굴이었다. 하지만 곧 그의 얼굴에 활짝 미소가 번졌다.

"해리, 아주 멋진 소식이로구나! 정말 잘했다! 너라면 할 수 있을 줄 알았어!"

그는 시간이 늦었다는 사실은 까맣게 잊었는지 서둘러 책상을 돌아 나와 다치지 않은 손으로 슬러그혼의 기억이 담긴 병을 받아 들고 펜시브가 보관되어 있는 캐비닛으로 성큼성큼 걸어갔다.

"자, 이제……." 덤블도어가 돌 대야를 책상 위에 올려놓고 병의 내용물을 그 안에 따라 내며 말했다. "이제야 마침내 보게 되겠구나. 해리, 서두르거라."

해리는 고분고분 펜시브 위로 허리를 숙였다. 두 발이 연구실 바닥에서 떨어지는 것이 느껴졌다……. 이번에도 그는 어둠 속으로 떨어진 끝에 아주 오래전 호러스 슬러그혼의 연구실에 내려섰다.

숱 많고 윤기가 흐르는 밀짚 색깔 머리카락과 적갈색이 감도는 금색 콧수염을 기른 훨씬 젊은 시절의 호러스 슬러그혼이 이번에도 연구실의 편안한 안락의자에 앉아 벨벳 쿠션에 두 발을 올려놓고 있었다. 그는 한 손에 작은 와인 잔을 들고 다른 손으로는 설탕에 절인 파인애플 상자를 뒤적거렸다. 슬러그혼 주위에는 톰 리들을 중심으로 대여섯 명의 남학생이 앉아 있었다. 황금색과 검은색이 섞인 마볼로의 반지가 리들의 손가락에서 반짝거렸다.

덤블도어가 막 해리 옆에 내려선 그때 리들이 물었다. "교수님, 메리소트 교수님이 은퇴하신다는 게 사실인가요?"

"톰, 톰. 나는 알더라도 말해 줄 수 없다." 슬러그혼이 리들을 향해 나무라듯 손가락을 흔들면서도 눈을 찡긋하며 말했다. "정말이지 어디서 그런 정보를 얻는지 궁금하구나, 녀석. 여느 교직원보다 더 많은 걸 알고 있으니, 원."

리들이 씩 웃었다. 다른 소년들이 웃음을 터뜨리며 선망의 눈빛으로 그를 바라보았다.

"알아선 안 되는 걸 알아내는 불가사의한 능력에, 주요 인사들을 대하는 그 신중한 처세하며……. 어쨌든 파인애플은 고맙구나. 정확히 맞혔어. 이건 내가 가장 좋아하는 거란다."

몇몇 소년이 다시 킥킥 웃었다.

"내가 장담하는데 너는 20년 안에 마법 정부 총리 자리에 오를 거다. 나한테 계속 파인애플을 보내 준다면 15년. 나는 정부에 훌륭한 인맥을 갖고 있거든."

다른 학생들이 다시 웃음을 터뜨리는 가운데 톰 리들은 그저 미소만 지었다. 어느 모로 보나 리들은 저 소년들 중에서 가장 나이 많은 학생이 아니었다. 그러나 모두가 톰 리들을 리더로 여기는 것 같았다.

"정치가 저한테 맞을지 모르겠습니다, 교수님." 웃음소리가 잦아들자 그가 말했다. "일단 저에게는 적당한 배경이 없으니까요."

리들 주위에 앉아 있던 소년 두어 명이 서로를 보며 히죽 웃었다. 해리는 그들이 자기들끼리만 통하는 농담을 즐기고 있다고 확신했다. 그들 패거리의 리더인 톰 리들의 유명한 조상에 관해 알거나 추측하는 내용을 떠올리고 있는 것이 틀림없었다.

"말도 안 되는 소리." 슬러그혼이 씩씩하게 말했다. "네가 지체 높은 마법사 가문의 후손이라는 건 그 이상 명백할 수가 없어요. 너 같은 능력을 갖춘 아이가! 아니, 너는 장차 크게 될 거다, 톰. 학생들에 대한 내 판단은 아직까지 한 번도 틀린 적이 없어."

슬러그혼의 책상 위에 놓여 있는 작은 황금 시계가 등 뒤에서 11시를 알리자 그는 뒤를 돌아보았다.

"이런 세상에, 벌써 시간이 이렇게 됐나?" 슬러그혼이 말했다. "이제 가 보는 게 좋겠구나, 얘들아. 그렇지 않으면 모두 난처해질 거야. 레스트레인지, 내일까지 작문 숙제를 제출하거라. 안 그러면 방과 후 징계예요. 너도 마찬가지고, 에이버리."

소년들이 한 명 한 명 줄지어 방을 나갔다. 슬러그혼은 안락의자에서 몸을 일으켜 빈 잔을 들고 책상으로 갔다. 등 뒤에서 기척이 느껴지자 그는 뒤를 돌아보았다. 리들이 아직 거기에 서 있었다.

"서두르려무나, 톰. 취침 시간이 지났는데 침실 밖을 돌아다니다가 걸리고 싶지는 않겠지? 게다가 넌 반장이기도……."

"교수님, 여쭤볼 게 있는데요."

"그럼 물어봐야지, 얘야. 물어보려무나."

"교수님이 혹시 알고 계시는지 궁금했습니다. 그…… 호크룩스에 대해서요."

슬러그혼은 그를 뚫어지게 바라보았다. 그의 두툼한 손가락들이 와인 잔 손잡이를 하염없이 어루만지고 있었다.

"어둠의 마법 방어법 과제인가 보구나?"

하지만 해리가 보기에 슬러그혼은 그것이 학교 과제가 아니라는 사실을 너무나 잘 알고 있었다.

"딱히 그런 건 아닙니다, 교수님." 리들이 말했다. "책을 보다가 그 단어를 발견했는데, 이해가 잘 안 가서요."

"아니…… 뭐…… 호그와트에서 호크룩스에 관해 상세한 내용을 알려 주는 책은 좀처럼 찾기 어려울 거다, 톰. 그건 강력한 어둠의 마법이거든. 정말이지 아주 강력한." 슬러그혼이 말했다.

"하지만 교수님께서는 당연히 호크룩스에 대해 다 알고 계시겠지요? 제 말은, 교수님 같은 마법사라면…… 죄송합니다. 그러니까, 교수님께서 알려 주실 수 없다면 절대……. 저는 그냥 누가 저에게 그것에 대해 알려 줄 수 있다면 교수님일 거라는 확신이 들었거든요. 그래서 여쭤보려고 생각했습니다."

아주 그럴싸한 말이라고, 해리는 생각했다. 그 망설임이며 태연스러운 말투, 은근한 아첨, 어느 것 하나 지나치지 않았다. 해리는 탐탁지 않아 하는 사람들을 구슬려 정보를 얻어 내야 했던 경험이 너무 많았기에 이 일에 숙련된 사람을 못 알아볼 수가 없었다. 그는 리들이 이 정보를 정말 간절히 원한다는 것을 알았다. 아마도 이 순간을 위해 몇 주 동안이나 노력을 쏟아부었을 것이다.

"글쎄……." 슬러그혼은 리들을 바라보는 대신 설탕에 절인 파인애플 상자에 붙어 있는 리본을 만지작거리며 말했다. "글쎄, 물론 너한테 대략적인 정보를 알려 준다고 해서 해가 될 것은 없겠지. 단지 네가 그 용어를 이해할 수 있도록 말이다. 호크룩스는 사람이 자기 영혼의 일부를 숨겨 놓은 물건을 일컫는 용어란다."

"하지만 어떻게 그런 일이 가능한 건지 잘 모르겠는데요, 교수님." 리들이 말했다.

리들은 목소리를 조심스럽게 억누르고 있었지만 해리에게는 거기에 깃든 흥분이 전해져 왔다.

"뭐, 자기 영혼을 쪼개서 말이다." 슬러그혼이 말했다. "그리고 그 영혼의 일부를 각각 몸 바깥에 있는 사물에 숨기는 게야. 그렇게 하면 그 사람의 몸이 공격을 당하거나 파괴되더라도 죽지 않지. 영혼의 일부가 손상되지 않고 이 땅에 매여 있으니 말이다. 하지만 물론 그런 형태로 존재한다는 건……."

슬러그혼의 얼굴이 일그러졌다. 해리는 자기도 모르게 2년 전에 들었던 말을 떠올리고 있었다.

'나는 내 육체에서 떨어져 나가 영혼보다도 못한, 가장 비천한 유령보다도 못한 존재가 되어 버렸다……. 하지만 그래도 나는 살아 있었다.'

"……그런 걸 원하는 사람은 거의 없을 거다, 톰. 정말 드물겠지. 차라리 죽는 게 나을 거야."

하지만 리들의 갈망은 이제 두드러져 보였다. 얼굴에는 탐욕스러운 빛이 떠올랐다. 그는 더 이상 열망을 감추지 못했다.

"영혼을 어떻게 쪼개죠?"

"그게" 하고, 슬러그혼은 불편한 듯 입을 열었다. "영혼 이란 본래 온전하게 통합되어 있어야 한다는 것을 먼저 이 해해야 한다. 영혼을 쪼개는 건 패륜 행위야, 자연의 섭리에 어긋나는 짓이지."

"그런데 어떻게 그게 가능하죠?"

"사악한 행위로…… 그러니까 가장 사악한 행동을 함으로써 가능해진다. 살인을 저지름으로써 말이야. 살인은 영혼을 갈기갈기 찢어 놓지. 호크룩스를 만들 의도를 갖고 있는 마법사는 이런 대가를 거꾸로 이용하는 거다. 찢긴

부분을 감싸서……."

"감싼다고요? 하지만 어떻게……?"

"주문이 있지만 묻지 말거라. 난 모르니까!" 슬러그혼은 모기를 귀찮아하는 늙은 코끼리처럼 고개를 저었다. "내가 그런 짓을 해 봤을 것 같으냐? 내가 살인자처럼 보여?"

"아닙니다, 교수님. 당연히 아니죠." 리들이 서둘러 말했다. "……죄송합니다. 교수님 기분을 상하게 해 드리려는 건 아니었습니다……."

"아니다, 전혀 그렇지 않아. 기분이 나쁜 건 아니다." 슬러그혼이 무뚝뚝하게 말했다. "이런 일들에 어느 정도 호기심을 느끼는 건 자연스러운 일이야. 어느 정도 재능을 갖춘 마법사들은 항상 마법의 이런 측면에 이끌려 왔지……."

"네, 교수님." 리들이 말했다. "하지만 제가 이해할 수 없는 건…… 그냥 호기심인데요…… 그러니까, 호크룩스가 하나뿐이면 무슨 소용이 있을까요? 영혼은 한 번만 쪼갤 수 있는 건가요? 영혼을 여러 조각으로 나누면 더욱 강해지지 않을까요? 그러니까, 예를 들어서 7은 가장 강력한 마법의 숫자잖아요. 혹시 일곱 개라면……?"

"멀린의 턱수염 같으니, 톰!" 슬러그혼이 소리를 질렀다. "일곱이라니! 한 사람을 죽인다는 생각만 해도 끔찍하지 않느냐? 그리고 어쨌든…… 영혼을 둘로 나눈다는 것만도 충분히 끔찍한데…… 그걸 일곱 조각으로 찢어발기다니……."

슬러그혼은 이제 굉장히 불안해하는 표정이었다. 그는 여태껏 리들을 제대로 본 적이 한 번도 없었던 것처럼 그를 바라보고 있었다. 해리는 그가 이 대화를 시작한 것 자체를 후회하고 있다는 사실을 알 수 있었다.

"물론……." 슬러그혼이 중얼거렸다. "이건 전부 이론상의 얘기야, 우리가 지금 토론하고 있는 것 말이다. 그렇지? 전부 학술적인……."

"네, 교수님. 물론입니다." 리들이 재빨리 말했다.

"하지만 그렇더라도 말이다, 톰……. 내가 한 얘기, 그러니까 우리가 방금 토론한 내용에 대해서는 침묵을 지켜야 해. 우리가 호크룩스에 대해 잡담을 했다는 걸 알면 사람들이 좋아하지 않을 게다. 그게, 이건 호그와트에서 금지된 주제거든……. 특히 덤블도어는 이 얘기를 지독하게 싫어해요……."

"한 마디도 하지 않겠습니다, 교수님." 리들은 그렇게 말하고 방을 나갔지만, 그러기 전에 리들의 얼굴을 힐끗 쳐

다본 해리는 그의 얼굴에 자신이 마법사라는 사실을 처음 알았을 때 떠올랐던 것과 같은 기쁨, 그 잘생긴 이목구비를 돋보이게 만들기보다는 어쩐지 비인간적으로 보이도록 만드는 격렬한 행복감이 가득 깃들어 있는 것을 보았다.

"애썼다, 해리." 덤블도어가 조용히 말했다. "이제 가자꾸나."

해리가 다시 연구실 바닥에 내려섰을 때 덤블도어는 이미 책상 뒤에 앉아 있었다. 해리도 의자에 앉아서 덤블도어가 입을 열기를 기다렸다.

"나는 아주 오랜 시간 동안 이 증거를 손에 넣길 기다려 왔다." 마침내 덤블도어가 입을 열었다. "이걸로 내가 세운 가설이 확실해지는구나. 내 생각이 맞았다는 것, 그리고 아직 갈 길이 매우 멀다는 것도 말이야."

해리는 문득 벽을 빙 둘러 걸려 있는 초상화 속 역대 교장들이 단 한 사람도 빼놓지 않고 잠에서 깨어나 그들의 대화에 귀 기울이고 있다는 사실을 눈치챘다. 뚱뚱하고 코가 빨간 남자 마법사 한 명은 나팔 모양 보청기까지 꺼내 들고 있었다.

"자, 해리." 덤블도어가 다시 말했다. "나는 네가 우리가 방금 들은 이야기의 중요성을 이해했을 거라 믿는다. 몇 달 정도 차이 나겠지만 톰 리들은 지금의 너와 같은 나이에 자신을 불사의 몸으로 만들 방법을 찾기 위해 할 수 있는 건 다 하고 있었지."

"그럼 그자가 성공했다고 생각하시는 건가요, 교수님?" 해리가 물었다. "그자가 호크룩스를 만든 거예요? 그래서 절 공격했을 때 죽지 않았던 건가요? 어딘가에 호크룩스를 숨겨 놓아서요? 그자의 영혼 한 조각이 안전했기 때문에?"

"한 조각이거나…… 그 이상이겠지." 덤블도어가 말했다. "볼드모트의 말을 들었잖느냐. 그자가 호러스에게서 특별히 듣고 싶어 했던 건, 한 개 이상의 호크룩스를 만든 마법사에게 어떤 일이 일어나느냐 하는 거였어. 죽음으로부터 벗어나겠다는 의지가 너무 강한 나머지 수차례 살인을 저지르고 자신의 영혼을 반복적으로 찢어발겨 그걸 여러 개의 호크룩스에 각각 숨겨 보관하려는 마법사는 어떻게 되는지 말이다. 어떤 책도 그자에게 그런 정보를 주지 않았을 게다. 내가 아는 한, 또 볼드모트도 알 거라 확신한다만, 자신의 영혼을 둘 이상으로 쪼개 본 마법사는 여태껏 단 한 명도 없었으니까."

덤블도어는 잠시 말을 멈추고 생각을 정리하더니 말을 이었다. "4년 전, 나는 볼드모트가 그 자신의 영혼을 쪼갰다는 것을 증명해 주는 어떤 물건을 손에 넣었다."

"어디서요?" 해리가 물었다. "어떻게요?"

"네가 나한테 건네주지 않았니, 해리." 덤블도어가 대답했다. "일기장. 리들의 일기장 말이다. 비밀의 방을 다시여는 방법을 가르쳐 준 그 일기장."

"이해가 안 가는데요, 교수님." 해리가 말했다.

"비록 나는 일기장에서 나온 리들을 보지는 못했지만 네가 설명해 준 대로라면 그건 내가 단 한 번도 목격한 적 없는 현상이었다. 그저 기억일 뿐인데 스스로 행동하고 생각하다니? 한낱 기억이 그 일기장을 손에 넣은 소녀의 생명을 서서히 앗아 갈 수 있다고? 아니, 그 일기장에는 훨씬 불길한 무언가가 깃들어 있었어……. 난 그것이 영혼의 파편이라고 거의 확신했단다. 그 일기장이 호크룩스였던 거지. 하지만 그런 결론만큼이나 수많은 의문이 생겨났다. 무엇보다 내 관심과 경계심을 불러일으켰던 건 그 일기장이 보호 수단일 뿐만 아니라 무기로 쓸 수 있도록 만들어진 것이기도 하다는 사실이었어."

"아직도 이해가 안 가요." 해리가 말했다.

"음, 그 일기장은 호크룩스의 본래 역할을 수행했다. 달리 말하면, 그 안에 숨겨진 영혼의 파편을 안전하게 보관하고, 확실히 주인의 죽음을 막는 역할을 했다는 얘기지. 한데, 한편으로 리들이 그 일기가 읽히기를 간절히 바랐다는 데는 의심의 여지가 없다. 자신의 영혼 일부가 누군가의 몸 안에 들어가 살거나 그 누군가를 지배해서 슬리데린의 괴물이 다시 풀려나게 만들기를 바랐으니 말이다."

"뭐, 자기 노력이 허사가 되기를 바라지는 않았겠죠." 해리가 말했다. "볼드모트는 사람들이 자기가 슬리데린의 후계자라는 사실을 알길 바랐잖아요. 당시에는 그 일을 자기 공으로 돌릴 수 없었으니까요."

"정확하다." 덤블도어가 고개를 끄덕이며 말했다. "한데, 모르겠느냐, 해리? 그 일기장이 호그와트 학생에게 전달되거나 그 아이의 소지품 목록에 들어가기를 바랐다면, 그자는 거기에 감춰 놓은 소중한 자기 영혼에 대해서 놀랄 만큼 무심했던 셈이다. 호크룩스를 만드는 목적은 슬러그혼 교수가 설명했다시피 자신의 일부를 안전하게 숨겨 놓는 것이지, 다른 사람의 손에 내던져지거나 파괴당할 위험을 감수할 수 있는 게 아니란 얘기다. 실제로 일기장이 그렇게 파괴되지 않았니. 거기에 감춰져 있던 영혼의 파편은 더 이상 존재하지 않는다. 네가 확실히 그렇게 만들었지. 볼드모트가 이 호크룩스를 부주의하게 다뤘다는 사실이 나는 무척 불안했다. 그건 그자가 더 많은 호크룩스를 이미 만들었거나 만들 계획이라는 걸 의미했으니까. 그러니 첫 번째 호크룩스를 잃는 것쯤은 그렇게 큰 손실이 아니었겠지. 믿고 싶진 않았지만 그게 아니라면 달리 설명할 길이 없는 것 같았다. 그리고 2년 뒤 너는 볼드모트가 자기 몸으로 돌아온 그날 밤 죽음을 먹는 자들에게 했던 말을 내게 들려주었지. 굉장한 깨달음을 주고 경각심을 불러일으키는 말이었단다. '내가, 불멸로 향하는 길을 따라 그 누구보다 멀리까지 갔던 이 내가……' 그자가 이렇게 말했다고 넌 내게 전해 주었다. '그 누구보다 멀리.' 그리고 죽음을 먹는 자들과 달리 나는 그 말이 무슨 뜻인지 알 것 같았다. 볼드모트는 자신의 호크룩스를 말하고 있었던 거야. 하나가 아닌 여러 개의 호크룩스를 말이다, 해리. 다른 어떤 마법사도 가져 본 적이 없는 여러 개의 호크룩스를. 그러면 앞뒤가 맞았다. 볼드모트 경은 시간이 지날수록 인간적인 면을 점점 잃어 가는 것 같았고, 그런 변화는 그자의 영혼이 우리가 평범한 악이라고 부를 수 있는 범위를 뛰어넘을 만큼 훼손됐을 경우에만 설명할 수 있는 것처럼 보이니까."

"그러니까 볼드모트는 불사의 몸이 되기 위해 다른 사

람들을 살해했다는 건가요?" 해리가 말했다. "왜 마법사의 돌을 만들거나 훔치지 않았을까요? 죽음을 피하는 일에 그렇게 집착했으면서 말이에요."

"그자가 5년 전에 바로 그런 짓을 했다는 건 우리 둘 다 알고 있지 않느냐." 덤블도어가 말했다. "하지만 내 생각에는 볼드모트 경에게 마법사의 돌이 호크룩스만큼 매력적이지 않았던 이유가 몇 가지 있는 듯하더구나. 그 생명의 영약은 실제로 수명을 연장해 주지만 불사의 몸을 유지하려면 꾸준히, 영원토록 마셔야 한다. 그렇게 되면 볼드모트는 그 약에 전적으로 의존하게 될 테고, 약이 떨어지거나 오염되거나 마법사의 돌을 도둑맞는다면 다른 사람들과 마찬가지로 죽음을 맞게 된다. 볼드모트는 혼자 행동하기를 좋아했다는 사실을 기억하거라. 그것이 아무리 영약이라 해도, 나는 그자가 뭔가에 의존해야 한다는 생각을 견딜 수 없었을 거라고 믿는다. 물론 너를 공격한 이후로 처하게 된 끔찍한 반쪽짜리 삶에서 벗어날 수 있다면 기꺼이 그 영약을 마실 준비도 되어 있었지. 하지만 그것은 그저 몸을 되찾기 위해서일 뿐이었고 그자는 어쨌든 계속 호크룩스에 의지할 생각이었던 게 분명하다. 인간의 모습만 되찾는다면 더 이상 아무것도 필요하지 않을 테니까.

그자는 이미 불사의 몸이었어……. 아니, 그 어떤 사람보다도 불사에 가까운 존재가 되었다. 하지만 해리, 우리는 이제 이 정보, 네가 우리를 위해 성공적으로 얻어 낸 이 결정적인 기억으로 무장하고 있다. 다시 말해, 이전의 그 누구보다도 볼드모트 경을 끝장낼 수 있는 비밀에 가까이 다가간 셈이야. 해리 너도 그자가 말하는 걸 들었을 거다. '영혼을 여러 조각으로 더 나누면 더욱 강해지지 않을까요? …… 7은 가장 강력한 마법의 숫자잖아요'……. 7은 가장 강력한 마법의 숫자잖아요, 라고 했지. 그래, 나는 영혼을 일곱 개로 나눈다는 발상이 볼드모트 경에게 굉장히 매력적으로 다가왔을 거라고 본다."

"일곱 개의 호크룩스를 만들었다고요?" 해리가 소스라치게 놀라며 소리쳤다. 벽에 걸린 초상화 몇 점도 마찬가지로 충격과 분노가 담긴 듯한 소리를 내뱉었다. "하지만 호크룩스는 이 세상 어디에든 있을 수 있잖아요. 숨겨진 채…… 어디에 묻혀 있거나, 보이지 않게 감춰져 있거나……."

"네가 이 문제의 규모를 제대로 이해하는 것 같아 다행이구나." 덤블도어가 담담하게 말했다. "그런데 일단은 아니다, 해리. 호크룩스는 일곱 개가 아니야. 여섯 개지. 비록 온전하진 못더라도 그자의 일곱 번째 영혼 조각은 되살려 낸 그자의 몸속에 있다. 그게 바로 추방당한 그 오랜 세월 동안 허깨비 같은 존재로나마 살아 있었던 부분이지. 그게 없으면, 볼드모트는 자아라는 것을 전혀 갖지 못하는 셈이야. 그 일곱 번째 영혼 조각이야말로, 볼드모트를 죽이고 싶어 하는 사람이라면 반드시 공격해야 하는 마지막 목표일 거다. 그자의 몸속에 살아 있는 그 조각 말이다."

"하지만 그래도 여섯 개네요." 해리가 약간 절망적인 어조로 말했다. "그걸 어떻게 찾죠?"

"잊어버린 모양인데…… 네가 이미 그중 하나를 파괴했다. 그리고 내가 또 하나를 없앴지."

"교수님이요?" 해리가 기대에 차서 말했다.

"그래, 그렇고말고." 덤블도어가 그렇게 말하며 불에 그을린 듯 검게 변한 손을 들어 올렸다. "반지였단다, 해리. 마볼로의 반지 말이야. 거기에는 끔찍한 저주가 걸려 있기도 했다. 품위 있게 겸손을 떨 줄 몰라 미안하지만 만약 나 자신의 놀라운 능력과, 내가 절망적인 부상을 입고 호그와트로 돌아왔을 때 적절한 행동을 취한 스네이프 교수가 없었다면 나는 살아서 이 이야기를 전해 줄 수 없었을지도 모른단다. 하지만 볼드모트의 일곱 번째 영혼과 맞바꿀 수만 있다면 손이 말라비틀어지는 것쯤이야 그렇게 대수로

운 일도 아닌 것 같구나. 어쨌든 그 반지는 더 이상 호크룩
스가 아니니까."

"그런데 어떻게 찾으신 거예요?"

"그게 말이다, 이제는 너도 알겠지만 나는 여러 해 동안
볼드모트의 과거에 관해 되도록 많은 정보를 알아내는 일
을 나의 과제로 삼았단다. 나는 널리 돌아다니면서, 그자
가 한때 알았던 장소들을 방문했어. 그러다가 폐허가 된
곤트의 집에 숨겨져 있었던 그 반지를 우연찮게 발견했지.
볼드모트는 일단 자기 영혼 한 조각을 그 안에 넣고 봉인
하는 데 성공하자 더 이상 그 반지를 끼고 싶지 않았던 깃
같더구나. 그자는 반지에 강력한 보호 마법을 여러 번 건
다음, 한때 그의 조상들이 살았던 오두막에 숨겼다. 물론
모핀은 아즈카반으로 끌려간 뒤였다. 내가 언젠가 그 폐가
를 찾아가거나 마법으로 은폐한 흔적을 계속 쫓을 수도 있
을 거라고는 전혀 추측하지 못한 게다. 하지만 마냥 기뻐하
기엔 아직 이르단다. 너는 일기장을 파괴하고 나는 반지를
파괴했지만, 영혼이 일곱 조각으로 쪼개졌다는 우리의 추
측이 맞다면 아직 호크룩스 네 개가 남아 있는 셈이니까."

"그리고 어떤 물건이든 호크룩스가 될 수 있고요?" 해리
가 말했다. "낡은 깡통이나 뭐, 잘 모르겠지만 텅 빈 마법

약 병도 될 수 있는 것 아닌가요⋯⋯?"

"포트키를 생각하고 있구나, 해리. 포트키라면 반드시 평범한 물건이어야 하겠지. 그래야 사람들이 보고 그냥 지나치기 쉬우니까. 하지만 볼드모트 경이 자신의 소중한 영혼을 지키는 데 깡통이나 낡은 마법약 병을 사용한다? 내가 지금까지 보여 준 것들을 잊었구나. 볼드모트 경은 전리품 모으기를 좋아했고, 강력한 마법적 이력을 지닌 물건들을 선호했단다. 그의 자존심, 그 자신이 우월한 존재라는 믿음, 마법의 역사에 놀랄 만한 한 획을 긋고자 하는 의지⋯⋯. 이런 사실들로 미루어 볼 때 볼드모트는 심혈을 기울여 호크룩스를 선택했을 거다. 기릴 만한 가치가 있는 물건들을 선호했겠지."

"일기장은 그렇게 특별한 물건이 아니었는데요."

"너도 말했다시피 그 일기장은 그자가 슬리데린의 후계자라는 증거였다. 나는 볼드모트가 그 일기를 굉장히 중요하게 여겼을 거라고 확신한단다."

"그럼 다른 호크룩스들은요?" 해리가 물었다. "교수님은 그것들이 뭔지 알 것 같으세요?"

"나도 추측만 할 뿐이란다." 덤블도어가 말했다. "네가 앞서 말해 준 몇 가지 이유 때문에 나는 볼드모트 경이 그

자체로 어떤 위엄을 갖추고 있는 물건들을 선호했을 거라 믿는다. 그래서 볼드모트의 과거를 샅샅이 훑어 그자의 주변에서 그런 물건들이 사라진 증거를 찾아봤지."

"그 로켓이군요!" 해리가 큰 소리로 말했다. "후플푸프의 잔도요!"

"그래." 덤블도어가 미소를 머금으며 말했다. "나는 아마 다른 쪽 손 전부는 안 되겠지만 손가락 두어 개는 걸고, 그 두 가지 물건이 세 번째와 네 번째 호크룩스가 됐다고 장담한다. 그자가 모두 여섯 개의 호크룩스를 만들었다고 가정한다면 나머지 두 개가 무엇이냐 하는 문제가 남지. 하지만 감히 추측해 본다면, 후플푸프와 슬리데린의 물건은 이미 확보했으니 그자는 그리핀도르나 래번클로가 소유했던 물건들을 추적하기 시작했을 거야. 네 명의 창립자가 소유했던 네 개의 물건이라면 분명 볼드모트의 상상력을 강하게 자극했겠지. 그자가 래번클로의 물건을 찾아냈는지는 나도 답할 수 없다. 하지만 그리핀도르의 유물로 알려진 유일한 물건이 안전하게 보관되어 있다는 건 자신할 수 있단다."

덤블도어는 까맣게 변한 손가락으로 등 뒤를 가리켰다. 그곳에는 루비 박힌 검이 유리로 된 상자 안에 놓여 있었다.

"그게 바로 그자가 호그와트에 돌아오고 싶어 했던 진짜 이유라고 생각하세요, 교수님?" 해리가 말했다. "다른 창립자들의 물건을 찾는 것 말이에요."

"내 생각은 그렇다." 덤블도어가 말했다. "하지만 그자가 학교 안을 살펴볼 기회조차 얻지 못하고 쫓겨났으니 우리 입장에서는 더 알 수 있는 것이 없구나. 나는 그자가 네 창립자들의 물건을 수집하려는 야심을 결코 충족시키지 못했다고 결론 내릴 수밖에 없었단다. 그자가 그중 두 개를 손에 넣은 건 확실해. 세 번째 물건을 찾았을 수도 있고. 지금 우리가 추측할 수 있는 건 이게 다란다."

"래번클로나 그리핀도르의 물건을 가졌더라도 여섯 번째 호크룩스가 남는데요." 해리가 손가락을 꼽아 보며 말했다. "설마 두 개를 다 갖고 있는 건 아니겠죠?"

"그렇지는 않을 거라 생각한다." 덤블도어가 말했다. "나는 여섯 번째 호크룩스가 무엇인지 알 것 같거든. 내가 한동안 내기니라는 뱀이 하는 짓을 수상하게 여겼다고 고백한다면 네가 뭐라고 말할지 궁금하구나."

"그 뱀 말씀인가요?" 해리가 깜짝 놀라 물었다. "동물을 호크룩스로 쓸 수 있어요?"

"글쎄, 현명한 일은 아니다만." 덤블도어가 말했다. "스스로 생각하고 움직일 수 있는 무언가에게 영혼의 일부를 맡겨 놓는 것은 분명 굉장히 위험한 일이니 말이다. 그러나 내 계산이 맞다면, 볼드모트가 널 죽일 의도를 갖고 네 부모님의 집에 침입했을 때는 목표한 여섯 개의 호크룩스 중 하나가 모자란 상태였다. 그자는 유독 중요한 살인을 위해 호크룩스 만드는 일을 아껴 놓았던 것으로 보인다. 틀림없이 네가 그 대상이었을 테지. 그자는 널 죽임으로써 예언이 암시했던 위험을 파괴할 수 있다고 믿었다. 그자는 자기 자신을 천하무적의 존재로 만들고 있다고 생각했지. 나는 그자가 널 죽임으로써 마지막 호크룩스를 만들 의도였다고 확신한다. 우리 둘 다 알다시피 그 일은 실패했지. 하지만 몇 년이 흐른 뒤 그자는 내기니를 이용해 한 머글 노인을 죽였고, 아마 그때 내기니를 자신의 마지막 호크룩스로 만들어야겠다고 생각했을지도 모른다. 내기니는 볼드모트 경을 더욱 신비롭게 만들어 주는 슬리데린과의 관계를 나타내는 존재지. 아마도 나는 그자가 다른 어떤 것보다도 내기니를 좋아할 거라고 생각한다. 확실히 내기니를 가까이에 두고 싶어 하고, 그자가 파셀마우스라는 점을 감안하더라도 내기니에게 이상할 만큼 통제력을 행사하고 있는 것처럼 보이니 말이다."

"그러면" 하고, 해리가 말했다. "일기장은 사라지고 반지도 사라졌지만 잔과 로켓과 뱀은 아직 온전하고, 교수님은 한때 래번클로나 그리핀도르 소유의 물건이었을 호크룩스가 있을지 모른다고 생각하시는 거죠?"

"감탄이 나올 만큼 간결하고 정확한 요약이구나. 맞다." 덤블도어가 고개를 살짝 숙이며 말했다.

"그럼…… 교수님은 아직도 그것들을 찾고 계신 건가요? 학교에 안 계실 때 그것들을 찾으러 가신 건가요?"

"그래." 덤블도어가 말했다. "아주 오랫동안 찾고 있었단다. 내 생각엔…… 아마도…… 또 하나를 거의 찾은 것 같긴 하다만. 희망적인 조짐이 보였거든."

"그리고 만약에 호크룩스를 찾으시면……." 해리가 서둘러 말을 이었다. "제가 교수님이랑 같이 가서 그걸 없애는 걸 도와 드리면 안 될까요?"

덤블도어는 잠깐 동안 해리를 아주 골똘히 바라보더니 입을 열었다. "그래, 그래도 될 것 같구나."

"정말요?" 해리가 도저히 믿기지 않는다는 듯 물었다.

"그렇고말고." 덤블도어가 살짝 미소 지으며 말했다. "너한테 그럴 권리는 있다고 생각한다."

해리의 가슴이 기쁨으로 부풀어 올랐다. 이번만은, 주의

하고 조심하라는 말을 듣지 않았다는 게 아주 마음에 들었다. 벽에 걸린 역대 교장들은 덤블도어의 결정에 그다지 공감하는 것 같지 않았다. 해리는 그중 몇 명이 고개를 젓는 모습을 보았고, 피니어스 나이젤러스는 코웃음까지 쳤다.

"호크룩스가 파괴되면 볼드모트도 그걸 알 수 있나요, 교수님? 느낄 수 있어요?" 해리는 초상화들의 반응을 무시하며 그렇게 물었다.

"아주 흥미로운 질문이구나, 해리. 내 생각에는 아닌 것 같다. 나는 지금의 볼드모트가 사악함에 젖어 있는 데다가, 그 자신의 소중한 일부들이 너무나 오랫동안 떨어져 나가 있었기 때문에 우리가 느끼는 것처럼은 느끼지 못할 거라고 본다. 아마 죽는 순간에는 자기가 뭘 잃어버렸는지 깨달을지도 모르지……. 그러나 예컨대, 그자는 루시우스 말포이에게서 억지로 진실을 끌어내기 전까진 일기장이 파괴되었다는 사실을 알지 못했다. 일기장이 훼손되어 거기에 담긴 힘을 모두 빼앗겼다는 사실을 알았을 때 볼드모트의 분노는 차마 볼 수 없을 만큼 끔찍했다는 얘기가 들리더구나."

"하지만 저는 볼드모트가 루시우스 말포이한테 그 일기장을 몰래 호그와트로 들여보내라고 한 줄 알았는데요?"

"그래, 맞다. 오래전, 볼드모트 자신이 더 많은 호크룩스를 만들 수 있을 거라고 확신하던 시절에 그랬지. 하지만 그렇더라도 루시우스는 볼드모트의 결정을 기다려야 했어. 볼드모트가 일기장을 그에게 전해 주고 얼마 지나지 않아 사라졌기 때문에 구체적인 명령을 받지는 못했지만 말이다. 볼드모트는 루시우스가 호크룩스를 신중하게 보관하는 것 외에 그걸로 감히 뭘 하려고 들지는 않을 거라고 생각했던 게 틀림없다. 루시우스가 주인에게 품고 있는 공포를 너무 신뢰한 게지. 그러나 그 주인은 오랫동안 모습을 드러내지 않았고 루시우스는 그자가 죽었다고 믿었다. 물론 루시우스는 그 일기장이 실제로 어떤 물건인지 전혀 몰랐어. 볼드모트는 아마 루시우스한테, 일기장에 교묘한 마법이 걸려 있어서 비밀의 방이 다시 열리게 해 줄 거라고 말했을 테지. 루시우스가 주인의 영혼 일부가 자기 손에 들어와 있다는 걸 알았으면 틀림없이 더욱 경외심을 갖고 그 일기장을 다뤘을 게다. 하지만 그러는 대신 그자는 더 앞서 나가 자신의 목적을 이루기 위해 옛 계획을 실행했지. 아서 위즐리의 딸에게 그 일기장을 쥐여 줌으로써, 아서를 향한 신뢰를 떨어뜨리고 나를 호그와트에서 쫓아내고 자신에게 혐의가 돌아올 가능성이 굉장히 높은 물건을 없애는 일을 단번에 처리하려 했던 거야. 아, 루시우스 가엾은 친구 같으니……. 자신의 이득을 위해 호크룩스를 내던져 버린 것, 그리고 작년 마법 정부에서의 그 대실패에 대한 볼드모트의 격렬한 분노를 생각하면, 나는 루시우스가 지금 당장 아즈카반에 안전하게 갇혀 있는 걸 내심 기뻐하고 있다 해도 그리 놀라지 않을 것 같다."

해리는 잠시 생각에 잠겨 앉아 있다가 물었다. "그러니까 호크룩스가 다 파괴되면 볼드모트를 죽이는 것도 가능한 거죠?"

"그래, 그럴 것 같구나." 덤블도어가 말했다. "호크룩스가 없으면 볼드모트는 온전치 못하고 약해진 영혼을 가진 필멸의 인간이 된다. 그렇더라도 이건 잊지 말거라. 영혼만큼은 회복할 수 없을 만큼 손상당했을지 모르지만 그자의 두뇌와 마법적인 힘은 온전하게 남아 있다. 볼드모트 같은 마법사를 죽이려면 비범한 기술과 힘이 필요하단다. 호크룩스가 없더라도 말이야."

"하지만 저한테 비범한 기술이나 힘 같은 건 없어요." 해리는 자기도 모르게 이렇게 내뱉었다.

"아니, 가지고 있다." 덤블도어가 단호하게 말했다. "너에게는 볼드모트가 한 번도 가져 본 적 없는 힘이 있단다.

너는……."

"알아요!" 해리가 초조한 듯 소리쳤다. "저는 사랑을 할 수 있죠!" 그는 "거 참 대단하네요!"라는 말을 덧붙이고 싶은 마음을 간신히 억눌렀다.

"그래, 해리. 너는 사랑을 할 수 있다." 덤블도어가 말했다. 그는 해리가 방금 무슨 말을 하고 싶어 했는지 뻔히 안다는 듯한 얼굴이었다. "너한테 일어났던 그 모든 일을 생각해 볼 때 그건 정말 위대하고 놀라운 능력이란다. 너는 너 자신이 얼마나 비범한지 이해하기에는 아직 너무 어려, 해리."

"그러니까 예언에서 제가 '어둠의 왕이 알지 못하는 힘'을 갖게 될 거라고 했을 때, 그 힘이란 게…… 사랑을 뜻하는 건가요?" 해리는 약간 실망스러운 기분을 느끼며 물었다.

"그래, 그저 사랑이란다." 덤블도어가 말했다. "하지만 해리, 예언에 나온 말이 중요한 이유는 단지 볼드모트가 그렇게 되도록 만들었기 때문이라는 사실을 절대 잊지 말거라. 작년 말에 내가 이 얘기를 해 주었지. 볼드모트는 자기 자신에게 가장 위험한 사람으로 오로지 너를 선택했어. 그리고 그렇게 함으로써 너를 자기 자신에게 가장 위험한 사람으로 만든 거다!"

"하지만 어쨌든 결론은 똑같……."

"아니, 그렇지 않다!" 덤블도어의 외침에는 이제 답답하다는 기색이 역력했다. 그는 검게 말라비틀어진 손으로 해리를 가리키며 말했다. "너는 그 예언을 너무 중요하게 생각하고 있구나!"

"하, 하지만……." 해리가 말을 더듬거렸다. "하지만 교수님께서 그러셨잖아요. 그 예언이 의미하는 건……."

"볼드모트가 예언의 내용을 아예 듣지 못했어도 그 예언이 실현됐을까? 무슨 의미라도 있었을까? 당연히 아니다! 너는 예언의 방에 있는 그 모든 예언이 실현되었을 거라고 생각하느냐?"

"하지만……." 해리가 당황해서 말했다. "하지만 작년에 저와 볼드모트 중 한 사람이 상대방을 죽여야 한다고 말씀하셨……."

"해리, 해리. 그건 단지 볼드모트가 트릴로니 교수의 예언에 따라 행동하는 중대한 실수를 저질렀기 때문이야! 볼드모트가 애초에 네 아버지를 살해하지 않았다면 그자가 네 마음속에 복수하고 싶다는 맹렬한 욕구를 심어 놓을 수 있었겠느냐? 당연히 아니지! 네 어머니가 널 살리기 위해 대신 목숨을 바치도록 만들지 않았다면 너에게 그자가 깨

뜨릴 수 없는 보호막이 생겨날 수 있었겠느냐? 당연히 아니다, 해리! 모르겠니? 볼드모트 스스로 최악의 숙적을 만들어 낸 거야. 곳곳에 존재하는 폭군들이 그러듯이 말이다! 얼마나 많은 폭군들이 자기가 억압하고 있는 사람들을 두려워하는지 알고 있니? 그자들은 모두 언젠가 수많은 희생자 가운데 한 사람은 분명 자신에 맞서 일어나 반격을 가할 거라는 사실을 깨닫지! 볼드모트도 다르지 않았어! 그는 자신에게 저항하는 사람이 나타날 것을 항상 경계하고 있었다. 그래서 예언을 듣고 곧장 행동에 나선 거야. 그 결과, 본인이 직접 자신을 없애 버릴 가능성이 가장 높은 사람을 골랐을 뿐만 아니라 그 사람에게 유례없는 치명적인 무기까지 쥐여 준 거다!"

"하지만……."

"네가 이 점을 이해하는 건 아주 중요해!" 덤블도어는 자리에서 일어나 번쩍거리는 로브 자락을 휘날리며 방 안을 성큼성큼 돌아다녔다. 해리는 그가 이토록 동요하는 모습은 한 번도 본 적이 없었다. "볼드모트는 널 죽이려다가 그 자신이 직접 여기 내 앞에 앉아 있는 이 비범한 사람을 지목한 꼴이 됐다. 뿐만 아니라 그 사람에게 볼드모트 자신을 끝장낼 임무를 수행할 도구까지 쥐여 준 셈이 됐지! 네가 그자의 생각과 야망을 들여다볼 수 있게 된 것, 심지어 그자가 명령을 내리는 뱀의 말을 이해하게 된 것은 볼드모트가 그런 실수를 저질렀기 때문이다. 그렇더라도 해리, 볼드모트의 세계를 꿰뚫어 볼 수 있는, 죽음을 먹는 자라면 살인도 불사하고서라도 얻고 싶어 할 이 특별한 능력에도 불구하고 너는 결코 어둠의 마법의 유혹에 흔들린 적이 없었다. 단 한 번도, 단 한 순간도, 볼드모트의 추종자가 되겠다는 조그만 열망조차 보이지 않았어!"

"당연하죠!" 해리가 길길이 뛰며 소리쳤다. "그자는 우리 엄마 아빠를 죽였다고요!"

"간단히 말하면, 너는 사랑하는 능력으로 보호받고 있는 거다!" 덤블도어가 큰 소리로 말했다. "볼드모트가 가진 것과 같은 힘의 유혹으로부터 너를 지켜 줄 단 하나의 보호 수단이지! 네가 견뎌 낸 그 모든 유혹과 고통에도 불구하고 너는 네 마음속 소망을 비추어 주는 거울을 들여다보던 열한 살 때와 같은 순수한 마음을 간직하고 있다. 그 거울은 너에게 불사의 몸이 된 네 모습이나 보물이 아니라 볼드모트 경을 이길 수 있는 유일한 방법을 보여 주었어. 해리, 네가 그 거울에서 본 것을 볼 수 있는 마법사가 얼마나 드문지 아느냐? 볼드모트는 그때 자신이 어떤 문제를 맞닥

뜨리고 있는지 알아야 했지만 그러지 못했다! 하지만 지금
은 알고 있지. 너는 아무런 피해도 입지 않고 볼드모트의
정신 속으로 휙 날아들어 갈 수 있지만, 그자는 치명적인
고통을 견디지 않고는 너를 지배할 수 없다는 것을. 그자
는 마법 정부에서 그 사실을 깨닫게 됐다. 나는 그자가 그
이유까지 이해할 거라고는 생각하지 않는다, 해리. 그자는
자신의 영혼을 쪼개는 데 급급한 나머지, 흠결 하나 없이
온전한 영혼이 가진 막강한 힘을 이해할 기회가 전혀 없었
던 거야."

 "하지만 교수님." 해리는 따지는 것처럼 들리지 않게 하
려고 일부러 씩씩하게 말했다. "어쨌든 결론은 똑같지 않
나요? 저는 그자를 죽여야만 해요. 그렇지 않으면⋯⋯."

 "죽여야만 한다?" 덤블도어가 그의 말을 끊었다. "당연
히 죽여야 하지! 그러나 예언 때문은 아니다! 왜냐하면 네
가, 너 자신이 그런 시도를 하기 전까지는 결코 쉴 수 없기
때문이야! 우리는 둘 다 그걸 안다! 부디 잠깐만이라도 그
예언을 듣지 못했다고 상상해 보거라! 그럼 지금 볼드모트
에 대해 어떤 느낌이 들까? 생각해 보거라!"

 해리는 덤블도어가 눈앞에서 왔다 갔다 하는 모습을 지
켜보며 생각에 잠겼다. 그는 어머니와 아버지, 시리우스를

떠올려 보았다. 세드릭 디고리를 생각했다. 볼드모트 경이 저지른 온갖 끔찍한 일들을 생각했다. 가슴속 깊은 곳에서 치솟은 불길에 목구멍이 뜨겁게 타오르는 것 같았다.

"볼드모트를 끝장내고 싶겠죠." 해리가 조용히 말했다. "그러고 싶을 거예요."

"당연히 그럴 거다!" 덤블도어가 소리쳤다. "알겠니? 예언은 결코 네가 뭔가를 *해야만 한다*는 것을 의미하는 게 아니야! 예언은 다만 볼드모트 경이 너를 *자신과 동등한 자*로 여겨 흔적을 남기도록 만들었을 뿐이다……. 달리 말하면, 너는 너만의 길을 자유롭게 선택할 수 있다는 얘기야. 예언은 무시해도 상관없다! 하지만 볼드모트는 계속 그 예언에 집착하겠지. 끊임없이 너를 잡으려고 들 게 다……. 그러니까 정말 분명해지는 것은……."

"둘 중 하나가 결국 상대방을 죽인다는 거군요." 해리가 말했다. "알겠어요."

해리는 덤블도어가 그에게 전하려고 애쓰던 바를 마침내 이해했다. 그는 그것이 목숨이 걸린 전투를 앞두고 전장에 억지로 끌려들어 가느냐, 아니면 고개를 꼿꼿이 들고 당당하게 걸어 들어가느냐의 차이라고 생각했다. 아마 어떤 사람들은 둘 중 무엇을 선택하든 달라지는 건 없다고 말할지도 모르지만 덤블도어는 알고 있었다. 그리고 자신도 알고 있다고, 해리는 맹렬히 솟구치는 자부심을 느끼며 생각했다. 그리고 우리 부모님도 알고 있었어. 그것이야말로 세상에서 가장 큰 차이였다.

(제6권《해리 포터와 혼혈 왕자 4》에서 계속됩니다.)

강동혁은 서울대학교 영문학과와 사회학과를 졸업하고 같은 학교 대학원에서 영문학 석사학위를 받았다. 옮긴 책으로는 《신비한 동물사전 원작 시나리오》, 《일곱 건의 살인에 대한 간략한 역사》, 《레스》, 《이 소년의 삶》 등이 있다.

해리 포터와 혼혈 왕자 3(그리핀도르 기숙사 에디션)

초판 1쇄 인쇄 2022년 9월 21일
초판 1쇄 발행 2022년 10월 18일

지은이 | J.K. 롤링
옮긴이 | 강동혁
발행인 | 강봉자, 김은경

펴낸곳 | (주)문학수첩
주소 | 경기도 파주시 회동길 503-1(문발동 633-4) 출판문화단지
전화 | 031-955-9088(마케팅부), 9532(편집부)
팩스 | 031-955-9066
등록 | 1991년 11월 27일 제16-482호

홈페이지 | www.moonhak.co.kr
블로그 | blog.naver.com/moonhak91
이메일 | moonhak@moonhak.co.kr

ISBN 978-89-8392-965-5 04840
      978-89-8392-901-3 (세트)

＊ 파본은 구매처에서 바꾸어 드립니다.